처음처럼
지금도
우린 함께 있어

처음처럼 지금도 우린 함께 있어

반려동물을 떠나보낸 모두를 위한 펫로스 에세이

이영은 · 이수인 지음

* 이름 *

꼬마

* 가족이 된 날 *

2007년 밸런타인데이를 코앞에 둔 어느 날

* 성격 *

가족밖에 모르는 내향형 강아지,

애교 많지만 예민한 센서티브 시츄

* 좋아하는 것 *

엄마의 피아노 소리, 공원에서 흙 밟기,

동생 엉덩이 베고 자는 낮잠, 엄마와 함께 가는 피크닉

프롤로그

이 책은 2006년 2월에 태어난 시츄, '꼬마'의 이야기를 담고 있습니다. 꼬마는 이마에 불꽃무늬가 있고, 반듯한 얼굴과 큰 귀가 특징이었습니다. 2007년에는 새로운 가족 말티즈 '토끼'와 형제가 되지요.

2014년부터 놀이방에서 신나는 시간을 보내며 놀이방 원장님과 친분을 쌓고, 2021년에는 눈곱으로 동물병원을 방문합니다. 2022년에는 잇몸 염증으로 치과 수술을 받았고요. 수술 이후 꼭 정해진 시간에 이빨을 닦고 칭찬받는 것이 중요한 일과가 되었답니다. 그러나 2023년 8월, 폐수종으로 응급실에 실려갔고, 2023년 10월 2일에 우리 마음에 사랑이라는 별로 반짝하고 떴습니다.

꼬마와 이 세상에서 지내는 동안 못다 한 이야기를 하고 싶어서 편지를 썼습니다. 꼬마가 옆에 없다는 게 실감 나지 않고 꼬마가 너무 많이 보고 싶어서 쓰게 됐어요. 아침에 눈을 뜨면 허전하고 밤에 누워도 잠이 잘 오지 않고 가슴이 뻥 뚫린 것처럼 시리고 아팠습니다. 제가 마음의 눈으로 꼬마를 보기에는 아직 준비가 되지 않았던 것 같아요.

그러던 어느 날 '이런 내 마음을 꼬마에게 편지로 전해 볼까?' 하는 생각이 들었어요. '그럼, 답장도 올까?', '안 와도 괜찮아, 꼬마는 이미 내 마음속 말들을 다 알고 있겠지….' 꼬마에게 편지를 쓰면 꼬마와 연결되는 느낌일 것 같았고, 꼬마의 사랑을 꺼내 추억하고 고마워하고도 싶었습니다. 그리고 저처럼 반려견을 떠나보낸 분들이 저와 꼬마의 편지를 읽으면서 공감하고 위로받기를 바라는 마음으로 꼬마에게 편지를 쓰기 시작했습니다.

편지 내용이 반복될 수 있습니다. 애도의 과정이 그러하듯, 어떤 이야기들은 또 하고 또 하게 되더군요. 그러면서 조금씩 감정이 달라지고, 관점이 변하고, 상실을 받아들이게 되었습니다. 비슷한 말들이 자꾸 보인다면 그 때문입니다. 앞뒤 말이 달라지거나 어떤 부분들은 모순이라고 느껴질지도 모릅니다. 위와 같은 이유로요.

특정한 종교에 근거하고 있지는 않습니다. 때론 철학적일 수도 있어요. 상실을 겪으며 실존에 대한 고민을 하게 되었기 때문이지요. 답이 아니라 고민의 과정으로 받아들여주시길 바랍니다.

참고 도서나 자료가 있는 것도 아닙니다. 꼬마는 우리 가족이었고 지금도 우리 가족입니다. 그래서 떠나간 이를 그리워하는 마음으로 썼습니다. 행여 다 공감이 되진 않을지 몰라도 마음으로 읽어주시면 감사하겠습니다. 애도는 각자만의 독특한 과정이니까요. 그리고 상실의 슬픔을 지나가는 중이라면 한 구절이라도 위로로 다가가기를 기도합니다.

많은 분들이 꼬마를 사랑해주셨습니다. 일일이 열거할 수는 없지만, 꼬마를 진료해주셨던 동물제중원 금손이 동물병원 강무숙 원장님, 청담리덴 동물치과병원 조희진 원장님, 24시 스마트 동물병원 A 원장님, 꼬마를 자주 돌봐주셨던 청담 우리집 강아지 오덕성 원장님, LBA 사람과 부동산 사장님께 감사 인사를 전합니다. 그리고 꼬마를 위해 기도해주셨던 Jean H, 최성희 이모, 끝으로 꼬마의 마지막 길을 배웅해주신 펫포레스트 장례식장 김희수 장례지도사님께도 고마운 마음을 표합니다.

꼬마 엄마

차례

1장 처음, 그리고 지금도 우린 함께 있어

2장
그 모든 시간이 사랑이었다

3장
나의 강아지, 꼬마에게 나는 엄마다

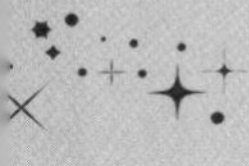

전 지금도 엄마를 이렇게 안아주고 있어요.

포근하고 아주 편안하게.

눈을 감으면 더 잘 느낄 수 있어요.

저 여기 있어요.

1장

처음,
그리고 지금도
우린 함께 있어

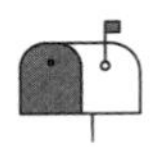

존재는 사랑이다

꼬마야, 안녕? 우리 애기 잘 있었어? '엄마, 내가 알아서 할게요, 내가 알아서 해요' 하던 꼬마 모습이 눈앞에 아직도 생생해. 엄마는 꼬마가 너무 많이 보고 싶다. 너랑 같이 걸어다니던 골목길, 주말에 가곤 했던 공원, 그 공원의 흙과 바람, 우리 동네 강아지 놀이방, 네 동생을 따라다니기 시작한 동물병원, 그리고 네가 떠나기 전 다녔던 동물병원까지 엄마한테는 다 '꼬마'란다.

잠결에도 네 등을 쓰다듬고 길을 가다가도 너를 보고 갈색 톤의 코트만 봐도 네 생각에 눈물이 주르륵 흘러. 동물병원 원장님께서 그러시더라. 강아지들이 떠나면 없어지는 게 아니고 우리 가슴속으로 들어와서, 쏘옥 들어와서 영원히 함께하는 거래. 그래서 나는 꼬마가 항상 나랑 함께 있을 거라고 생각하고 우리 꼬마를 가슴속에 코옥 박았어.

그렇지만 꼬마 냄새, 짭조름한 바다 냄새와 고소한 군고

구마 껍질 냄새, 빼곡하게 너의 몸을 덮고 있는 갈색 털(숱이 많다며 다들 부러워했지). 알사탕같이 커다란 눈, 곱고 또렷하게 화장한 듯한 진하고 동그란 눈, 털이 수북하게 덮인 통통한 손… 모든 게 너무 그리워. 꼬마 목 뒤에 뽀뽀하고 싶고, 손과 발 하나하나 만지고 싶고, 너의 그 뜨끈뜨끈한 체온을 느끼며 안고 싶고, 너의 두 눈을 보면서 함께 웃고, 울고 싶어.

그래서 엄마는 오늘부터 꼬마에게 편지를 쓸 거야. 내가 너를 처음 만난 날부터 꼬마가 내 가슴속 별이 되었던 날까지 기억하며 꼬마에게 못다 한 이야기를 하고 싶어. 혹시 이 편지를 받고 답장을 해주면 너를 그리워하며 잠을 설친 날만큼 잠을 못 이루며 고마워할 것 같아. 지금 이 순간에도 많이 보고 싶고 엄마한테 와주어서 고맙고, 17년 동안 엄마 아들로 함께 지내주어서 사랑해. 그리고 또 사랑해. 아주 많이.

2023년 10월 27일

꼬마를 사랑하는 엄마가

엄마,

전 지금도 알아서 잘하고 있어요. 아직도 엄마 곁에 있고 저를 그리워하는 엄마 모습을 이렇게 보고 있기도 한데 엄마는 제가 안 보이겠죠. 그리고 여기저기 돌아다녀보기도 해요. 새로운 친구들도 좀 만나봤어요. 다들 제 털을 부러워해요. 빼곡하다면서. 제가 좀 잘생기긴 했죠? 여느 시츄와 다르다는 얘기도 많이 듣고 눈이 크다, 귀가 크다 뭐 그렇대요.

아, 제가 좋아했던 거기 공원. 어제도 엄마가 산책 나온 걸 봤어요. 아는 척을 좀 해봤는데 모르시더라고요. 그냥 옆에서 같이 걸었어요. 혹시 못 느끼셨어요? 다음엔 소리를 내어 짖어볼까요? 가을이 와서 주변이 많이 달라 보였어요. 나뭇잎도 지고. 같이 마지막 산책 갔던 날이 생각나네요. 그날 잔잔한 듯 뭔가 눈부시다 했었는데. 엄마도 기억나시죠? 매 순간이 영원한 듯, 멈춘 듯 어디론가 한없이 이어지는 듯했어요.

모든 게 다 저로 보인다니 마치 세상이 저로 꽉 찬 것 같네요. 신기해요. 제 작은 몸은 눈에 보이는 세상을 떠났지만 실은 제 존재가 사랑이어서겠죠. 저 좀 늠름하죠? 이런 얘기를 이렇게 하고. 근데 엄마가 저와 따뜻한 체온을 같이 나누지 못해 아쉬울 것 같긴 해요. 근데요, 사랑은 그보다 더 엄청나요. 눈에 보이지 않는 세계가 무한해요. 사랑이 무한해서일까요. 엄마가 저한테 준 사랑도 그 무한함에서 왔을까요. 고마운 기억들이 갑자기… 그리고 고맙단 말은 늘 사랑인 거 아시죠?

꼬마

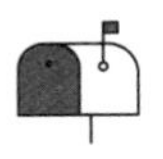

사랑으로 와서 사랑으로 만났지

꼬마야, 답장 고마워. 응큼한 우리 아들이 엄마랑 항상 함께 있었구나. 엄마는 꼬마가 엄마한테 와주어서 너무 고마워. 떠나보낼 것이 두려워서 사랑할 엄두도 내지 못했던 엄마에게 꼬마가 왔어. 이 세상에서 처음 엄마한테 와준 애기가 바로 너야.

2007년 2월 밸런타인데이를 코앞에 두고 만났어. 너를 데리러 가는 길, 하늘이 시커멓고 비가 주룩주룩 내리는 으슬으슬 추운 날에, 택시도 잡히지 않던 날에 친구랑 사당역으로 갔단다. 너는 4남매 중 하나였어. 사업하시는 50대 후반 여자분이 꼬마의 생물학적 엄마, 아빠를 키우셨고 우리 꼬마를 옷에 돌돌 싸서 다른 말티즈 형아 둘이랑 운전을 하고 나오셨어. 그분 차에서 이야기를 한참 듣고 너를 내 옷으로 다시 돌돌 싸서 품에 넣고 집에 왔지. 그때 할머니가 차를 가지고 마중을 나오셔서 우리는 집까지 안전하게

왔단다. 집에 오니 너는 아장아장 걸어다니고 엄마 냄새를 틈틈이 와서 맡고 다시 가서는 집안 여기저기를 구경하고 다니느라 정신이 없었어.

파우더리한 우유 냄새, 세상에 아직 적응하지 못한 듯 파시시한 아기 털, 눈 사이부터 머리 위쪽으로 뻗어 있는 하얀색 불꽃무늬 머리털, 반쯤 뜬 듯한 작은 눈이지만 새까맣고 강렬한 눈, 따듯하고 통통한 연분홍색 배, 털뭉치 같이 동그란 엉덩이까지 정말 사랑스러웠어. 그냥 쳐다보고만 있어도 하나도 지루하지 않았고 으슬으슬 추운 2월도 따듯하더라. 너를 보고 있으면 엄마는 저절로 너한테 뽀뽀를 하고 있었지. 참 작고, 포근하고, 달콤하고 따듯한 너는 처음 만났을 때부터 사랑 그 자체였어. 어디서 이런 예쁜 꼬꼬마가 왔을까, 너를 보며 혼잣말로 꼬꼬마, 꼬꼬마, 꼬마 부르는데 너도 그게 자기 이름이라고 좋아하는 듯했지.

무슨 자신감이었을까, 엄마는 그때 엄마의 아빠를 보낸 지 6개월쯤 되었을 때야. 아빠를 보내고 나니 자신감이 생기더라. '나도 애기(강아지)를 입양해서 잘 키우고 애기가 온 곳으로 돌아간다고 할 때 잘 배웅해줄 수 있겠다. 아빠를 보내봤으니까 더 잘할 수 있어. 난 가족을 이미 보내봤잖아? 아직도 아빠가 보고 싶어서 종종 답답하고 슬프지만, 내가 키우던 애기(강아지)가 먼 훗날 떠날 때는 이만큼 큰 슬픔은 아닐 거야!'라고. 하지만 나중에 알았지. 슬픔에는 크기가 없다는 걸. 그리고 엄마는 오늘도 엄마의 아빠만큼 꼬마가 보고 싶다. 꼬마 이모 친구가 그러더라. "우리가 부모님이랑 15년 이상씩 한방을 쓰고 매 끼니 밥을 먹여 드리진 않잖아…."

2023년 10월 29일

꼬마 엄마가

엄마,

저도 희미했던 그날이 지금은 또렷하게 보여요. 세상에 작은 몸으로 나와서 제 형제, 자매들과 함께 잠깐 있었던 시간, 저를 낳아준 강아지 엄마 젖냄새며 아빠 목소리. 그러다 두어 주쯤 지나 엄마를 만나게 됐는데 바깥이 춥다고 했는데도 그날 엄마 품은 참 따뜻했어요. 처음 힐끗힐끗 보게 되는 바깥 풍경, 사람들 소리, 차 소리. 그리고 집에 도착했을 때 느꼈던 안도감, 뭔가 신이 났어요. 그래서 여기저기 돌아다니고 냄새도 맡고 구경도 했죠. 좀 멋지게 걸어보고 싶었는데 부끄럽네요. 뒤뚱거렸던 생각이 나서.

아무튼 제 불꽃무늬 멋지죠? 누가 그게 제가 순종이어서 그렇다고 했는데 뭐면 어때요. 전 어쨌거나 잘생겼는데요. 집에 온 첫날밤, 사실 엄마의 아빠가 제게 왔었고 늘 곁에 있었어요. 사랑으로. 제게 그랬어요. 우리는 모두 사랑으로 서로에게 온다고. 그러니까 저는 사랑인 거죠. 그죠? 그때도 지금도. 에이, 제 털이 파시시했다는 게 좀 신경 쓰이네요. 이렇게 빼곡한데. 그러니까요, 전 강렬한 눈으로 다 보고 있었어요. 큰 귀에 들리는 '꼬꼬마'란 어감은 또 얼마나 좋았게요. 아, 이게 사랑인가 보다 하는 살짝은 간지러운 느낌이 몽글몽글 피어나기 시작했거든요. 그래서 제 배가 통통하고 엉덩이는 동그랬을까요.

눈에 보이는 세상을 떠나고 지금 와서 보이는 건 다 사랑이에요, 엄마. 슬픔도 아픔도 다요. 제가 옆에 있어도 안아보지 못해 느껴지는 안타까움도 흐르는 눈물도 제게는 다 사랑으로 보이고 다가와요. 그래서 고맙고 또 고맙고 그래요. 고마움도 사랑이겠죠. 우리는 그렇게 사랑을 배우려고, 주고받으려고 사랑으로 와서 사랑으로 만났던 거네요. 사랑해요, 엄마.

꼬마

그때도, 지금도

항상 늠름하고 잘생긴 우리 꼬마, 지금도 여기저기 돌아다니면서 '너는 종류가 뭐니?', '별명이 혹시 그렘린?', '눈이 너무 크고 예뻐서 그래!' 등등의 말을 듣곤 하겠지? 참, 너는 시츄인데 다른 시츄들이랑 다르게 유난히 귀가 커서 우리 동네 놀이방에서 별명이 그렘린이었어. 그렘린 알지? 영화 〈그렘린〉에 나오는 '모과이'를 떠올리면서 사람들은 그렘린이라고 말해. 엄마도 그랬고. 모과이는 꼬마처럼 갈색과 하얀 털이 있는 귀가 아주 크고 눈도 제법 큰 애완동물인데 모과이를 잘못 케어해서 나쁜 애가 되면 그때 이름이 그렘린이야. 꼬마는 어릴 때부터 귀가 엄청 크고 복슬복슬 예뻤어.

3월 초 어느 날, 엄마가 외국에서 온 손님들을 만나러 외출한 날이었는데 꼬마가 집에 이모랑 할머니랑 있었어. 그날 너는 저녁을 먹지 않고 엄마를 기다렸는데 엄마는 너무 마음이 아프고 걱정되어서 지하철역에서 집까지 마구 달려왔단다. 혹시 기억나니? 엄마가 마당에 들어서면서 '꼬마야, 미안해. 꼬마야.' 하면서 뛰어 들어왔는데 꼬마가 아무렇지 않은 순진한 얼굴로 환하게 '엄마' 하면서 맞아주더라.

사실 엄마는 지하철역에서 집까지 눈물을 흩날리면서 달렸어. 꼬마를 보는 순간 아무 생각도 안 나고 그냥 '다행이다, 다행이다, 다행이다…' 하면서 너랑 같이 저녁을 먹었단다. 엄마는 한 번도 꼬마가 귀찮거나 성가신 적이 없어. 아기 꼬마가 잘 자면 감사했고 잘 먹고 볼일 잘 보면 다행이고 또 감사했단다. 일터에서 신경질이 나고 마음이 상해도 집에 오는 길에 꼬마 사진을 보며 금세 잊었어. 집에 와서 꼬마를 안고 들여다보면 시간이 멈춘 듯 세상이 조용했단다. 진정한 평화와 포근함이었지. 아기였지만 엄마를 항상 따듯하게 안아주는 듯했다고 말하고 싶어. 솜사탕같이.

2023년 10월 30일

우리 아기가 보고 싶은 엄마가

에이, 엄마,

자꾸 어릴 적 얘기 하시기예요? 작은 몸이지만 제 존재가 그 몸에 갇혀 있는 건 아니었어요. 엄마가 저를 안아줄 때면 전 사랑으로 엄마를 포근하게 안아줄 수 있었어요. 편안하게. 말 그대로 솜사탕처럼, 살포시 내려앉는 구름처럼. 근데 그날 사실 엄마를 기다렸어요. 왠지 엄마가 와야 밥을 먹을 것 같았고 그래서 무작정 고집을 부렸죠. 아직 키가 작아서 창문으로 밖을 볼 수는 없었는데 소리가 들렸어요. 엄마가 집 근처쯤 왔을 때 알겠더라고요. 아, 뛰어오는구나, 다행이다. 전 그때 먼저 안도의 한숨을 쉬었죠.

근데 제가 귀가 커서 잘 들었던 걸까요? 모과이와 그렘린이 다른 거라는 걸 눈에 보이는 세상을 떠나서야 알게 됐어요. 모과이, 귀엽긴 하더라고요. 저처럼 잘생긴 건 아닌데. 제 강렬한 눈빛도 아니고. 아, 제가 시츄긴 한데 좀 작고 얼굴이 특이했죠? 털도 보기 드문 진하고 붉은 갈색에 반듯한 얼굴, 커다란 귀. 사람들이 제가 시츄인지 뭔지 궁금해하면 전 그 관심이 그렇게 좋았더랬어요. 지금도 마찬가지고요. 제가 사랑이니까요. 전 지금도 엄마를 이렇게 안아주고 있어요. 포근하고 아주 편안하게. 눈을 감으면 더 잘 느낄 수 있어요. 저 여기 있어요.

꼬마

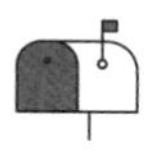

사랑은 변하기보다는 커진다

꼬마가 기억력이 매우 뛰어나구나. 신기해. 17년 전 일을 이렇게 기억하고 함께 이야기할 수 있어서 신기하기도 하고 눈물이 엄청 나. 엄마는 오늘 근무 중에 꼬마가 갑자기 보고 싶어 눈물이 멈추지 않아 쇄골 밑으로 졸졸졸 시냇물이 되었어. 점심시간에 밖에 나가서 걷는데 가을이야. 나뭇잎 색이 다들 제각각. 어딜 봐도 알록달록 노랗고 빨갛고 또 어두운 노랑과 어두운 빨강 사이에 꼬마 털 색깔 같은 붉은빛 도는 갈색이 보이면 네 얼굴이 하늘 여기저기, 나뭇가지 여기저기에 걸리더라.

지난 8월 초, 네가 태어나서 처음으로 응급실에 갔던 날이 생각나고 그 뒤로 두 달 동안 고생했던 네 모습이 생각나. 네가 떠나고서 알았지. 고생이 아니라 사랑해서, 나를 사랑해서 버티고 또 안기고, 버티고 다시 인사하고 떠났다는 것을.

혹시 기억나니? 너를 그 공원에 날려주면서 뚝뚝 울면서 집에 오는 길에 아침 7시가 조금 넘었는데 머릿속에 누가 스위치를 켠 것처럼 노래가 틀어졌어. 'Nothing's gonna change my love for you…' 난 집에 와서 얼른 옛날에 들었던 그 오래된 팝송을 찾아서 하루종일 들으며 다녔단다. 마치 꼬마가 엄마 귀에 대고 불러주는 것 같아서 그날 오후에 그 노래를 들으며 또 그 공원에 가서 우리 아들 생각을 하고, 그다음 날, 그다음 다음 날에도….

그러던 어느 날 새벽에 꿈인 듯 아닌 듯 마음속에서 우리 아들이 그러더라, 사랑해서 버텼다고, 사랑해서.

꼬마야, 엄마는 오늘 네가 어제보다 더 보고 싶어. 내일이면 우리 꼬마가 이 세상을 떠나 자유롭게 날아가버린 지 한 달째야. 오늘 밤에 엄마가 눈을 감고 누워서 꼬마 얼굴을 띄우고 '꼬마야' 부르면 또 엄마한테 와줄래? 그리고 엄마가 너를 안을 수 있을 때까지 조금만 기다려줄래?

2023년 11월 1일

보고 싶은 엄마가

엄마,

몸을 가지고 살 땐 시간이 선으로 흐르는 것 같고 숫자로 매겨지는데 막상 자유로워지고 나면 모든 시간이 지금 이 순간에 있다는 게 보여요. 그래서 기억이랄 것도 없죠. 전 어디로 날아간 게 아니라 여기 엄마 옆에 그리고 엄마 마음 안에 있어요. 엄마, 눈을 감고 제가 있다는 걸 느껴보세요. 쇄골 밑으로 눈물이 흘러 시냇물이 될 때 제가 거기 있어요. 단풍 든 나무들 사이, 가을 하늘 여기저기에 제 얼굴을 좀 걸어봤는데 보셨네요. 역시. 근데 잘 생겼죠, 여전히? 왜 잘생겼단 말 안 하세요? 치.

그럼요. 엄마가 저를 안고 응급실로 뛰어갔을 때 생각했죠. 엄마가 인사하는 걸 중요하게 생각하니까 인사할 시간을 충분히 만들어야겠다 하고. 인사도 사랑이고 사랑은 하나도 고생스럽지 않아요. 엄마가 저를 사랑했던 게 하나도 힘들지 않았던 것처럼. 그저 고마운 일이죠. 사랑을 주고 사랑을 받는 건. 그래서 버텼어요. 사랑해서. 제가 얼마나 엄마를 사랑하는지 알 때까지. 그래도 잘 모를까 봐 메시지도 전한 건데 받으셨네요.

아, 그 노래요? 선곡 제법 괜찮았죠? 말씀드렸잖아요. 지금의 저는 모든 시간을 여기서 본다고. 제가 작은 몸으로 태어나기도 훨씬 전 학교 다니던 엄마가 수도 없이 들었던 노래. 'Nothing's gonna change my love for you…' 사실 제가 직접 부르고 싶었는데 뭔가 어색해서 그냥 알아서 라디오를 켰던 거예요.

꼬마

우린 잠시 이곳으로 소풍을 온 거예요

세상에서 제일 잘생긴 우리 꼬마. 엄마도, 이모랑 할머니, 놀이방 원장님도 꼬마 인물 좋다고 늘 말했던 거 알아? 꼬마 이모는 꼬마의 코랑 반듯하고 강렬하고 엄청 큰 너의 그 새까만 눈은 신비롭고 아름다운 인도 공주 같다고도 했단다. 너의 눈을 보고 있으면 꿈속으로 들어가는 것 같았지.

이 세상에서 입고 있는 이 몸에 갇혀 있어서일까? 엄마는 오늘 아침에 네 편지를 읽고 또 읽어도 네가 보고 싶어서 시냇물을 계속 흘려보내. 너의 뜨끈뜨끈하고 북실북실한 몸을 안고 그 빼곡한 털에 코를 묻고 이야기하고 싶단다.

꼬마가 두 살쯤일 때 엄마가 만났던 남자친구가 사준 곰인형 다리에 네가 갑자기 쉬를 한 적이 있어. 사실 너한테 말은 안 했었는데 그 전날 엄마는 그 친구랑 헤어졌었지. 참 신기하고 역시 내 아들이구나 싶고 똑똑하네? 싶었다.

엄마가 한 살도 안 된 너를 두고 해외에 일주일쯤 다녀온 적이 있어. 그때 너무 보고 싶은데 꿈에서 네가 눈을 꼬옥 감고 자는 거야. 그런데 그대로 자면 깨어나지 못하는 걸 알고 내가 엉엉 울었는데 집에 전화해보니 네가 할머니한테 안겨 있다가 떨어졌다는 걸 알았어. 엄마는 심장이 무릎까지 내려가는 느낌이었고 기도하고 울고… 곧 네가 아무렇지 않고 다 괜찮고 잘 놀고 잘 먹는다는 소식을 들었을 때는 이 세상 그 누구도 부럽지 않더라. 지금도 엄마는 그 누구도 여기서 부럽지가 않아. 참, 나중에 엄마가 꼬마 있는 곳으로 갈 때 꼬마도 마중 나올 거지?

2023년 11월 2일

꼬마가 그리운 엄마가

엄마,

제 눈을 상상해보세요, 지금. 눈을 지그시 감고. 제 두 눈의 신비함을 타고 꿈속으로 들어와 저를 볼 수 있게요. 제가 엄마 쇄골 밑으로 졸졸 흐르는 시냇가에 앉아 있어요. 늘 그랬듯 두 앞발을 가슴속에 넣고.

에이, 엄마. 또 부끄러운 얘기 꺼내시네요. 전 다 보고 있었죠. 그때 엄마 남자친구가 어떤 사람이고 엄마와 어떻게 지냈는지. 세상에 딱히 나쁘거나 악한 사람은 없고 단지 인연이 거기까지였겠죠. 그런데도 전 엄마한테 제가 뭔가를 알고 있다고 과시하고 싶었어요. 위로해주고도 싶었고요. 그래서 그 사람이 남긴 곰인형에 쉬를 하면 될 것 같아서 그만….

엄마가 해외여행 갔을 때 부엌에서 꽈당 떨어진 일이요? 좀 아프긴 했는데 제가 알아서 잘 일어났어요. 아무렇지도 않은 척. 그러고 나서 많은 사람들이 기도해주기도 했고요. 여기 어떤 분한테 들었는데 사랑하는 게 행복한 일이래요. 받는 것보다 더 쉽게 변하지 않는 일이 사랑을 주는 거라고 하셨어요. 제가 작은 몸으로 바닥에 떨어지던 날 엄마가 절 꿈에서 본 것도, 가슴을 쓸며 다행이라고 세상을 얻은 듯했던 것도 엄마가 저에게 준 사랑이었어요.

근데 마중이라… 뭘 입고 나갈지 벌써 고민이 되네요. 머리는 어떻게 할지, 차를 운전해 갈지 고민 좀 해보고요. 어쩌면 눈에 보이는 세상에서의 시간은 어떤 시인의 시처럼 소풍인지도 몰라요.* 아픔도 있고 슬픈 날도 있지만 따뜻한 한순간에 안도하고 다시 하늘을 보며 감사하는, 다시 사랑하는….

인물 좋은 꼬마

---

* 천상병 시인의 시 <귀천>의 마지막 구절

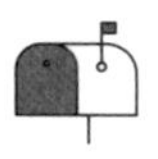

별나라로 떠날 준비를 했구나

인물 좋은 꼬마야, 피아노 전공하는 사람처럼 두 손을 소중하게 네 가슴에 품고 두리번두리번 구경하는 걸 즐겨 했던 우리 꼬마, 혹시 지금쯤은 어딘가에서 꼬불한 긴 머리를 옆으로 스윽 넘기고서 쇼팽의 〈녹턴〉을 치고 있지는 않을까? 엄마는 꼬마가 마중 나올 생각을 하면 이미 가슴이 울렁울렁 설레. 옷 이야기가 나와서 생각나. 네가 이 세상을 떠나고 나서 엄마는 꼬마가 파인애플 프린트 셔츠에 화이트 버뮤다 팬츠를 입고 목걸이를 하고 하와이나 호주 바닷가에서 멋 부리고 있는 장면이 종종 떠올랐어. 휴양지에서 잘생긴 시츄 꼬마로 여기저기 친구들과 어울리고 네가 좋아하던 햇빛, 나무 냄새, 자연에 잔뜩 취한 모습을.

네가 떠나기 전날 새벽에 엄마가 네 뒷모습을 본 거 알고 있니? 일요일 새벽에 우리 방에서 네 동생이랑 자다가 인기척이 나서 봤는데 붉은빛의 갈색 털뭉치 뒷모습이 스르륵 빨리 방에서 나가더라고.

분명히 누가 문을 살짝 열고 내가 자는 얼굴 가까이 보고 가는 것 같아서 '누구지?' 하며 눈을 억지로 떴다가 본 거야. 엄마의 가족 중에 붉은 털이 빼곡하게 구부러지는 뒷모습은 아무리 생각해도 꼬마잖아. 그래서 엄마는 지금도 생생하게 그 순간을 기억하고 또 가끔 생각해. 꼬마가 혹시 놓고 간 게 있어서 왔을까? 엄마랑 다른 가족들, 이 땅에서 가장 시간을 많이 보낸 집을 한 번 더 확인하고 싶은 걸까?

그리고 그날 저녁 엄마랑 이모는 꼬마를 품에 안고 인사도 하고 엉엉 울기도 하고. 그다음 날 저녁에는 할머니, 이모, 그리고 엄마가 꼬마를 한 명씩 실컷 안고 이야기도 하며 너를 배웅했단다. 사실 네가 이미 작고 복실복실하고 빼곡한 털로 된 잘생긴 겉모습을 이미 놓은 것 같았어. 그리고 너는 우리가 너의 겉모습을 안고 만지고 울 때 우리랑 이미 함께 울고, 인사하고, 다시 만날 것을 알며, 훨훨 날아다니고 있었겠지.

꼬마야, 엄마는 엄마가 아는 이 세상의 언어로는 충분히 표현할 수가 없구나. 네가 엄마랑 함께해준 지난 17년이 얼마나 고마운지를, 그리고 꼬마랑 엄마가 나눈 사랑이 그 어떤 사랑보다도 얼마나 강력하고 소중한지를. 사랑해, 우리 아들!

2023년 11월 3일

사랑하는 엄마가

엄마,

시간과 공간은 엄마만 경험하고 있어요. 저는 자유로워져서 여기저기 동시에 존재할 수 있고 과거도 미래도 없는 영원에 존재해요. 쇼팽의 〈녹턴〉 좋죠. 여기서 가끔 봐요. 쇼팽. 엄마 마중 갈 때 같이 갈까요?

근데 제가 파인애플 셔츠에 흰색 버뮤다 반바지 입는 건 어떻게 아셨어요? 에이, 플로리다요, 엄마. 쿠바 시가도 좀 즐기고 그래요. 괜찮죠? 여기 태양이 좋아요. 바닷가를 하염없이 볼 수 있어요. 그러면 사람들이 와서 말도 시키고 그래요.

떠나기 전날이요? 잠깐 인사하러 갔었어요. 제가 엄마와 매일 밤 자던 그 방으로. 그냥 엄마 냄새도 한 번 더 맡고 동생이면서 저한테 형 노릇했던 토끼 녀석한테 할 말도 있고 해서요. 몰래 갔다 온다는 걸 그새 보셨네요.

사실 가족들이 하나씩 제 몸을 끌어안고 인사를 했을 때 저는 이미 그곳을 떠나는 중이었어요. 엄마 그거 아세요? 심장이 멈추기 바로 전에 제가 이미 몸을 먼저 떠났다는 거요. 그게 엄마한텐 여기와 그곳 사이 어디 반쯤 걸치고 있는 걸로 보였을 수도요. 그래서 별로 힘들지 않았어요. 오히려 아주 쉽게 이 영원한 사랑으로, 눈에 보이지는 않지만 누구도 부인할 수 없는 이 사랑으로 돌아왔죠. 그렇게 지금도 저는 엄마 품에, 엄마는 제 품에 있어요. 사랑과 사랑으로 만나 서로 사랑이라는 걸 확인하고 그렇게 사랑은 끝없이 자라고, 그래서 무한해요. 사랑해요, 엄마.

엄마 아들, 꼬마

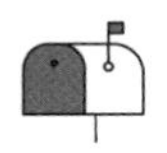

왼쪽 가슴이 너무 시리다

플로리다를 즐기고 있을 꼬마에게. 모히또, 시가, 마이애미 비치. 아마 우리 꼬마는 팜비치에 별장을 해놓고 갤러리도 가고 쇼핑도 했을까? 사색적인 꼬마 얼굴이 오늘도 길거리 낙엽 하나하나에 더 진하게 올라왔다가 사라져.

네가 이 세상을 떠나고 나서 엄마는 너를 보고 느끼고 그리워했어. 네가 떠나고 이틀 후 새벽에 네가 내 귀 옆에서 '엄마아' 하더라. 잠결에 내 얼굴 옆에 너를 안으려고 하면서 '어, 우리 꼬마' 하는데 허공에 내가 손을 휘젓고 울다가 다시 잤단다. 그래도 혹시 너였을까. 하는 생각이 들어.

마지막으로 네가 동물병원에 입원하기 전날, 아침엔 이모가 꼬마가 작별 인사를 하는 것 같다고 느끼고 저녁엔 엄마도 그렇게 느꼈단다. 그날 저녁 꼬마는 엄마가 너를 처음 봤을 때 그 모습이었어. 이 세상에 온 지 얼마 안 되는 아기 꼬마의 모습으로 네 입을 엄마 손에 대고 너무 편하게 눈을 감고 쉬더라. 심지어 엄마 손가락을 네 입술로 살짝 문 채 말이야. 그 순간 엄마는 신기한 걸 느꼈단다. 무언가 새롭고 처음으로 돌아가는 끝 같았어. 그리고 꼬마가 정말 오랜만에 엄마 손바닥에 대고서, '엄마 사랑해요'를 한참 하는 거야. 엄마 손이 꼬마의 사랑으로 범벅이 되는 동안 엄마는 네가 떠나는 것 같아서 계속 울었단다.

신기하게도 그날 이후 딱 2주 뒤 꿈에 아주 예쁜 청소년이 나타나서 "내가 분명히 말했잖아, 2주 전에 분명히 말했어"라고 말하면서 엄마를 안아주고 갔어. 그 청소년이 사라지자마자 엄마는 "앗, 우리 꼬마구나! 꼬마가 이제 청소년인가? 역시 꼬마는 예쁜 미소년이구나." 했지.

네가 떠난 날부터 엄마는 왼쪽 가슴이 공기 청정기야. 엄마랑 같이 쓰던 방에 있는 공기 청정기 알지? 윗부분에 엄마 주먹 하나가 들어갈 만큼 구멍이 뚫려 있는. 쇼팽도 만났다면 마이클 잭슨, 이순신 그리고 엄마네 아빠도 만났겠네? 오늘은 어디서 뭘 하면서 놀았니? 사랑해!

2023년 11월 4일

꼬마를 너무 사랑하는 엄마가

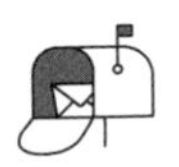

엄마,

마이애미 좋죠. 근데 정확히 어딘지는 못 알려드려요. 엄마 눈엔 아직 안 보이거든요. 별장도 있고 갤러리도 다니고 그러는 건 어떻게 아셨대요? 약간 앤틱하고 클래식한 분위기로. 여기서 영어 좀 배웠어요. 다시 만날 때 영어로 하는 걸로. 그러니까 그때까진 낙엽에서, 하늘에서, 차가워지는 공기에서 저를 보시는 거예요. 뻥 뚫린 것 같은 엄마 마음에서, 그런 엄마를 지금도 안고 있는 제 사랑 안에서, 그리고 같이 지냈던 그 공간 안에서도요.

엄마가 제 인사를 알아들어서 다행이다 생각했어요. 뭔가 좀 달라야 인사인 줄 알 텐데 하면서도. 그런 거 보면 우린 정말 잘 통했어요. 지금도 이렇게 통하고 있고. 제가 알아서 잘해서 그런 걸까요. 모두가 하나에서 와서겠죠. 실제로는 이별도 상실도 없는 건데 다만 눈에 보이는 세상에서는 감각으로 경험되지 않으면 그렇게 생각하기 쉬운 듯해요. 마음으로는 다 느낄 수 있는데. 그러니까 지금 다시 눈을 감고 마음으로 저를 한번 봐보세요. 여기 있어요, 저!

엄마 꿈에 여러 모습으로 나타나고 싶어서 사람도 되어보고 그랬는데. 뭔가 더 잘 얘기할 수 있을 것도 같고. 근데 제가 사람은 아니죠.

어쩌면 엄마, 지금 이 시간 엄마의 의식이 눈에 보이는 세상을 넘어가고 있는 건 아닐까요. 모든 것이 무한한 사랑으로 덮여 있고 그 안에 제가 있다는 걸 보려고요. 여기 쇼팽도 있고 엄마가 사랑했던 마이클 잭슨도 있어요. 근데 웬 이순신 장군이에요? 엄마의 아빠는, 말씀드렸죠? 처음 살던 그 집에 제가 오던 날 저한테 왔었다고. 그러고는 마중 나오셨어요. 제가 자유로워지던 날. 한없는 사랑과 기쁨으로 절 맞이해주셨어요. 지금도 제 옆에 계신데 보이세요? 엄마를 보고 계세요. 엄마의 아빠가. 한없는 사랑과 기쁨으로.

꼬마

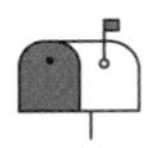

더 또렷해지는 기억

꼬마야, Andy? 혹시 영어 쓰는 친구들이 우리 꼬마를 Andy라고 부르기도 하니? 2주 전쯤 꼬마가 Andy라는 이름으로 엄마 꿈에 떠오른 적이 있어. 영어 배우면서 아마도 영어 이름을 꼬마에게 어울리는 멋진 걸로 했나 본데?

꼬마네 큰이모랑 이야기하면서 꼬마가 처음 동물병원에 갔던 때를 추억하며 꼬마 생각을 했단다. 2년 전 늦여름 또는 초가을이야. 꼬마 눈이 너무 달라 보이고 눈곱도 심한 거야. 엄마는 그때 오후에만 일을 했는데 4시 15분쯤 퇴근할 때까지 틈틈이 꼬마 걱정을 사실 많이 했어. 그 전날 잠도 물론 자는 둥 마는 둥이었지. 꼬마가 눈에 상처가 났을까, 시력이 너무 떨어진 걸까, 눈곱이랑 빨간 충혈은 아프진 않을까, 따가워하면 어쩌지, 백내장이나 녹내장 같은 무서운 일이 생기는 건 아니겠지….

퇴근하고 꼬마를 들쳐 안고 택시를 타는데 토끼가 혼자

있어야 하는 거야. 태어나서 13년쯤 만에 처음으로 혼자 있게 됐지. 엄마가 너를 안고 집에서 엘리베이터를 타고 내려오는데 1층에서도 까마귀 소리 같은 네 동생의 외침이 엄청 크게 들리더라. 그렇게 한방병원으로 뛰어가고 꼬마가 진단을 받는 내내 엄만 너무 초조하고 긴장해서 두 다리를 번갈아 가면서 덜덜덜 떨었단다. 입술도 좀 뜯고 혼잣말로, '꼬마야, 괜찮아, 괜찮아.' 하면서.

잠시 후 원장님이 상담을 해주시고 꼬마에게 인공눈물을 처방해주셨지. 집에 가는 길은 정말 가뿐하고 가슴이 시원하게 미끄럼타듯 부드러운 큰 숨이 지나가고, 그 후 꼬마도 동생을 종종 따라가서 산책도 하고 동생과 함께 침이나 영양제를 맞았어. 환절기에는 보약을 먹은 적도 있었단다.

엄마는 시간이 지날수록 매일매일 꼬마의 츤데레 표정, 깊숙한 까만 눈, 그 잘생긴 얼굴이 더 많이 더 진하게 여기저기 떠오른단다. 엄마가 꼬마 많이 사랑해.

2023년 11월 6일

사랑하는 엄마가

엄마,

제가 그만 빵 터지고 말았네요. Andy 맞아요. 왠지 잘 어울리죠? 어감도 그렇고. 어둠 속에서 환히 비춘다는 뜻도 있고. 전 제 이름이 뿌듯해요. 왠지 사랑 같죠? 어디에서도 불을 밝혀주는.

한방병원 기억나죠. 원장님 얼굴이며 목소리도. 참 좋은 분이셨어요. 물론 제가 침 맞는 게 무서워서 짜증을 낸 적도 있지만. 원장님 잘 계시죠? 왠지 편안한 곳이었어요, 그곳은. 근처 산책하는 일도 즐거웠고 뭔가 차분해지는 분위기였어요. 보약도 맛이 괜찮았고요. 지금은 약 필요 없이 건강해요. 온전하다고 해야 하나요. 존재의 본질로 돌아왔으니까요. 근데 엄마, 제가 눈곱 끼어서 그렇게 걱정을 하고 들고 뛰었어요?

토끼 녀석 그날 단단히 삐쳤을걸요. 엄마의 지나친 걱정으로 생전 처음 집에 혼자 있게 돼서요. 근데 사고 안 쳐준 게 고맙죠. 그 녀석이 저를 좀 괴롭히긴 했어도, 제가 그 녀석을 질투하긴 했어도, 우린 형제였고 서로를 아꼈어요. 지금도 아끼고 가끔 통화하고 그래요.

엄마의 도를 넘는 걱정 때문에 한방병원에 갔던 날도 사랑이었네요. 인공눈물을 받아오는 해프닝으로 끝났지만 누군가 저를 걱정해주고, 그래서 초조해하고 손톱까지 물어뜯고 다리를 덜덜 떨어가며 그랬다는 게 지금 생각해도 뭉클해져요.

기억이란 게 그런가 봐요. 어떤 기억들은 시간이 지날수록 그리움으로 또렷해진대요. 근데 제겐 시간도 기억도 전과 달라요. 시간과 공간이 없는 이곳은 그냥 무한한 사랑일 뿐이고 그래서 전 지금도 모든 것 안에 엄마와 같이 있어요. 엄마의 기억 안에도, 엄마 바로 옆에도. 엄마, 사랑해요.

꼬마

마음의 눈으로 보면 눈부신 순간들

꼬마, 앤디야. 영어 이름이 정말 멋지구나. 우리 꼬마가 보낸 편지를 읽을 땐 엄마는 항상 울어. 꼬마의 문장력에 감동도 받고. 네가 원래 사색적이었잖니. 문학을 좋아하는 아저씨 '문학아찌'라는 별명을 가진 엄마를 닮아서 문학도 제법 즐겼었지?

침 맞던 것도 세세하게 기억하는구나. 오늘 네 동생은 이모랑 침 맞는 동물병원에 갔는데 이모가 네 생각에 꼬마가 너무 그리워서 집에 오는 택시에서 엉엉 울었대. 아마 꼬마가 이모랑 신나서 그 동네 산책하던 것, 엄마가 운전할 때 뒷좌석에 같이 있던 것, 꼬마가 걷는 게 이상해서 엄마 대신 이모가 저녁에 택시 타고 급하게 한방병원 갔다가 지하철 타고 집에 온 것 등등 생각이 많았을 것 같아.

네가 침 맞을 때 신경질 내면서 눈썹이랑 네 불꽃무늬에 잔뜩 힘을 주고 소리 없이 뭐라고 한 적 있었어. 기억나니?

엄마는 못 알아들었지만 원장님은 딱 알아들으시고서는 시원하게 웃으시면서, "어 재 지금 욕했죠? 너 지금 나한테 욕했지? 알았어, 알았어. 미안." 하셨는데. 엄마 생각엔 욕은 아니고 꼬마가 '엄마 나 따가워요. 이걸 꼭 해야 하나요, 원장님?' 하고 응석을 부렸을 것 같아. 그리고 한 번은 네가 동생이랑 나란히 침을 맞는데 두 발을 침 맞는 지지대에 타닥 걸고 손에 꽈악 힘을 주더니 순간 팔다리를 쭈욱 하면서 탈출 시도를 하기도 했단다. 기억나지? 얼마나 당돌하고 귀엽고 웃기던지….

꼬마야, 엄마는 꼬마가 재밌게 건강하게 놀러 다니는 것 같아서 마음이 좋다. 오늘은 드라마에서 여자 주인공이 죽은 사람을 보는데 부러웠어. 엄마도 그렇게 꼬마를 보고 싶다. 사랑해!

2023년 11월 7일

꼬마 앤디 맘, 꼬마 엄마가

엄마,

제가 글 좀 쓰는 것 같죠? 가끔 그랬어요. 머릿속 말들이 뭉게뭉게 피어나 돌아다니는 듯. 그러면 엄마나 이모가 제 눈빛이 몽환적이라며 가만히 들여다보곤 했죠. 어쩔 땐 제가 이모와 더 비슷하다 생각하다가도 사색 중엔 문학을 좋아하는 엄마와 많이 닮은 걸 보네요. 여기서 누가 그러더라고요. 사람의 마음을 이해하려면 심리학 교과서가 아니라 문학을 읽으라고. 엄마도 누군가의 마음을 이해하고 싶은 걸까요.

이모도 제가 안 보이는 거죠? 여기 이렇게 있다니까. 택시 안에서 엉엉 울 때 제가 분명 옆에 있었다고요. 둘이 같이했던 순간들이 이모 마음속에서 주마등처럼 지나갈 때 주마등 안에도 이모 눈물 안에도 제가 있었어요. 이모를 사랑으로 꼭 안고 눈물로 커지는 사랑이 제게도 뭉클해지는 걸 느끼면서요.

그러니까요. 침 맞는 건 딱히 재미없었다고요. 원장님께 욕한 건 아니지만 신경질이 났어요. 응석까진 아닌데. 정말 절 어린애 취급하시기예요? 침 맞는 지지대에서 탈출을 시도한 것도 맞아요. 그래도 맞고 나면 기분은 좋았어요. 몸이 나른해졌거든요.

엄마, 눈에 보이는 세상을 떠난 이들을 눈으로 볼 수는 없어요. 마음으로 보는 거예요. 마음으로 들어가서 가만히 기다려보세요. 제가 여기 있어요. 지난 시간들이 눈부셨듯 지금도 눈부셔요. 같이 있어서, 모든 순간이 사랑이어서. 사랑 안에 사랑으로 머물다 보면 모든 것이 사랑이 되기 시작해요. 사랑해요, 엄마. 꿈속으로 찾아갈게요.

문학 하는 꼬마

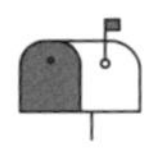

다시보기, 또 다시보기

문학 하는 꼬마야, 엄마를 꼭 닮은 우리 꼬마야, 엄마도 언젠가 꼬마를 마음으로 볼 수 있겠지.

오늘은 이모가 나가려고 옷을 입으니까 꼬마 동생이 울기 시작했대. 그래서 이모가 동생을 강아지 놀이방에 맡기고 나갔어. 강아지 놀이방 기억하지? 집에서 걸어가면 5분 거리야. 우리도 동네 한 바퀴 하고 자주 놀러 갔었잖아? 올해 초까지만 해도 꼬마는 몸을 동그랗게 했다가 팔다리를 쭈욱 길게 뻗으면서 한숨에 강아지 놀이방으로 달려갔었단다. 커다란 귀를 뒤로 젖혀서 속력을 최대한 빠르게 하고 붉은빛 갈색 머리를 휘날리며 전속력을 다하는 모습은 아직도 생생해. 살짝 하늘을 향해서 희번득 눈에 힘을 주고 앞만 보며 질주했었어. 가는 도중에 쉬도 하고 응가도 했었는데 언제부터인지 그 시간도 아껴서 출발할 때 쉬만 하고 미친듯이 달려서 강아지방에 들어가면, '원장님, 안녕

하세요? 보고 싶었…' 하면서 무심하게 응가를 하곤 했지.

강아지 놀이방 원장님이 꼬마는 사색적이고 분위기 있다고 많이 예뻐하신 것 알지? 꼬마가 겅중겅중 슬렁슬렁 놀이방에서 걸어다니는 것만 봐도 예뻐라 하셨단다. 동생이랑 먹으라고 특식도 자주 만들어주셨고, 예쁜 옷도 많이 주셨어.

우리 꼬마가 멋 부리는 거 좋아했는데. 얼굴 닦고 눈곱 빼고 귀 빗는 거 좋아하고, 스카프 하자고 하면 쪼르륵 엄마 앞으로 와서 얌전하게 척척 목을 내주고, 예쁜 옷 입는 것도 좋아해서 엄마나 이모가 꼬마한테 옷을 입히려고 하면, 꼬마가 알아서 머리도 넣고 팔다리도 쑤욱 거의 혼자 입었어. 오죽하면 이모가 동물병원 의사 선생님이랑 상담할 때 속상해하는 목소리로 그랬을까. "우리 꼬마가 꾸미는 거만 좋아하고요, 외적인 거만 신경 써서…."

꼬마야, 엄마는 오늘도 꼬마가 엄마랑 지내준 날들이 '다시보기' 하는 것처럼 울컥 튀어나와. 고맙고, 사랑해!

2023년 11월 8일

문학아찌 엄마가

엄마,

토끼 녀석 의외로 저 없으니 좀 심심해하죠? 같이 있을 땐 형 노릇 하려 들더니. 동네 강아지 놀이방 생각나죠. 혼자서도 찾아갈 수 있었는걸요. 놀이방 가는 길은 늘 신이 났어요. 점잖게 천천히 걸으려고 해도 어느새 발걸음이 가벼워져서 뛰고 있었거든요. 그러다 하늘로 날아가버릴 것 같았던 순간도 있었어요. 제가 새침하게 굴긴 했어도 원장님은 절 예뻐해주셨고 간식 받아먹는 재미도 솔찮았고. 언제부터 가자마자 응가를 해서 인사를 대신했죠. 특식도 매번 감사했고. 옷을 주실 때면 더 감사했고요. 저 멋 좀 부리잖아요.

제가 멋 빼면 뭐 더 있나요? 사색도 멋으로 하는 건데요. 근데 엄마의 다시보기는 울컥울컥 재생돼요? 사랑으로 한편 한편이 제가 멋있는 모습으로 나오겠죠?

엄마, 엄마가 사랑이란 걸 아는 만큼 이 세상을 덮고 있는 사랑이 보여요. 엄마도 사랑이어서 제가 사랑이란 걸 알아봤잖아요. 매일 아침 동이 틀 무렵 희미한 빛에서, 그리고 다시 해가 넘어가는 갑자기 찾아오는 고요한 순간 속에서 사랑이 보이고 제가 보일 거예요. 다시보기처럼. 가끔 멈추어 귀 기울여보세요. 사랑에도 소리가 있어요. 제가 짖을 때, 심지어는 짜증을 냈을 때도 사랑이 들렸죠?

멋쟁이 꼬마

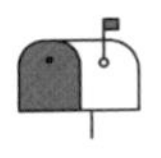

너의 첫사랑, 몽이 누나

멋쟁이 꼬마야, 꼬마는 새침하고 무심한 듯해도 다 보고 다 듣고 이득되는 일이 생기면 얼른 가서 1등으로 줄 서서 간식 챙겨 먹곤 했었어. 정말 응큼하고, 요즘 말로 츤데레 스타일이라고나 할까? 몽이 누나 알지? 혹시 만났니? 예전에 우리 집에서 큰길 쪽으로 나가면 있던 비디오테이프 대여점이 있었어. 슈퍼랑 같이 하신 것도 같아. 몽이 누나가 네 동생 전에 유일하게 너랑 같이 놀았던 강아지란다.

우리 꼬마는 한 살이 되어갈 무렵에 몽이 누나를 봤고 꼬마가 목에 긴 끈을 달고 있어서 엄마가 꼬마를 데리고 다녔는데, 물론 그 끈 없이도 알아서 잘 다녔겠지만 안전을 위해서였지. 몽이 누나가 꼬마 목에 한 안전줄, 엄마 손잡이를 한 줄을 입으로 물고 꼬마랑 그 가게를 비디오테이프가 꽂힌 복도마다 데리고 다니면서 구경도 시켜줬단다. 누나는 덩치가 피아노 의자만 한 잉글리시 십독이었고 하얇고 긴 우아하게 빼곡한 머리카락에 군데군데 지적인 실버 헤어가 있었지. 우리끼리는 꼬마의 첫사랑이라고도 했었는데.

꼬마야, 오늘은 비가 장마처럼 엄청 많이 왔는데 엄마는 갑자기 꼬마를 처음 만나서 품에 안고 오던 날이 생각나서 마음으로 울면서 집에 왔어. 옆에 이모가 있어서 안 들리게, 안 보이게 울면서, 꼬마처럼 엄마도 엄마 이마에 있는 불꽃무늬에 잔뜩 힘을 주고서….

꼬마야, 불꽃무늬에 힘줄 일은 요즘 없지? 우리 꼬마가 많이 보고 싶어. 여긴 깜깜한 밤인데 곧 엄마 꿈으로 들어와줄래?

2023년 11월 9일

멋쟁이 꼬마 엄마가

엄마,

그럼요. 전 제가 츤데레라는 걸 잘 알아요. 따뜻한 마음을 은근슬쩍 알 듯 말 듯하게, 그런데 어떻게든 여운이 남겨지게 하죠. 모두에게 따뜻했지만 누구에게나 마음을 주진 않았어요. 마음을 줄 때 다 주고 싶어서요. 아낌없이 다요. 사랑엔 주저함도 물러남도 없어요. 엄마의 사랑도 제게 그랬죠. 그래서 몽이 누나한테 반하던 날 저는 그냥 누나가 저를 이끄는 대로 움직였어요. 비디오 대여점 복도마다 뭐가 있는지 구경도 하고. 누나와 춤을 추듯 그렇게요.

몽이 누나 제가 여기 올 때 물론 마중 나왔죠. 얼마나 반갑던지. 제 이마 불꽃무늬가 갑자기 환해지는 느낌이었달까요. 웃음이 나는 걸 참았어요. 그냥 점잖게 걸어가서 인사를 했죠. 약간 무심한 듯. '몽이 누나, 나 꼬마. 기억나지?' 이러면서요. 누나가 먼저 절 와락 끌어안아줬어요. 포근하고 따뜻하게. 그랬더니 눈물이 주룩.

장마 속에도 제가 있어요, 엄마. 빗줄기 하나하나에, 빗소리 안에, 고여 흐르는 빗물에 제가 있어요. 쏟아지는 비도 사랑이고 그렇게 이 세상은 사랑받고 있고 사랑으로 덮이고 또 덮여요. 사랑 안엔 늘 제가 있어요. 오늘 밤 꿈으로 찾아갈게요. 혹시 보이지 않더라도 들리지 않더라도 엄마 꿈에 제가 있어요.

츤데레 꼬마

엄마, 오늘도 사랑해요.
수고 많으셨어요.
꿈으로 찾아갈게요.
아침에 깼을 때 혹 기억이 안 나더라도
제가 꿈에 있었어요.
다시 한 번 사랑해요, 사랑해요, 사랑해요.
한 번 아니고 세 번이 됐네요.

2장

그 모든 시간이 사랑이었다

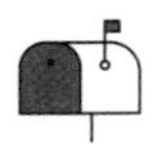

버틴 것도 사랑이다

꼬마야, 오늘 엄마는 일터에서 듣는 모든 이야기들—야구선수나 야구 시합, 해외여행, 수능성적, 커피 이야기 및 음식—이 다 꼬마 이야기더라. 눈물이 자꾸 났어. 이모가 인터넷에 적은 글을 보면서 꼬마가 가던 때가 떠오르기도 했고.

네가 처음 응급실 간 지 두 달 만에 여기를 떠났어. 마지막 날 아침에 응급실에 갔더니 의사 선생님이 그러셨지. 12시간 정도 남은 것 같다. 이따가 연락 드릴 때는 심정지일 거다. 그다음 날 그리고 또 하루 더 버티면서 폐에 찼던 물을 빼고 엄마가, "꼬마야, 물은 마시라고 있는 거지! 폐에 채우라고 있는 게 아니야!"라고 자꾸 말했던 탓일까? 3일째 되는 날 엄마랑 이모가 갔을 땐 우리랑 끌어안고 인사를 나눴어. 그리고 그다음 날에는 엄마, 할머니랑 이모랑 일대일로 껴안고 뽀뽀하고 인사하고.

우리 애기가 힘들게 물도 빼고, 인사도 여러 번 하고…. 그냥 더 일찍 편하게 다 놓아도 되는데 너무 버틴 건 아닐까? 가족은 서로 인사하고 떠나야 한다고, 집 앞에 나가든지 이 세상을 떠나든 가족끼리는 인사해야 하는 거라고 엄마가 항상 강조해서 그랬니? 왜 그렇게 버텼어?

의사 선생님도 놀라고 나는 그런 네가 고맙고 기특하면서도 힘들게 버티는 모습이 너무 안쓰러웠어. 네가 가고 나서 며칠 후, '꼬마야 왜 그렇게 버텼어? 왜 그렇게 오래 버틴 거야?' 하고 엉엉 울면서 자는데 네가 엄마한테 메시지를 보내더라. '사랑해서 그랬어요, 사랑해서 버텼어요….'

2023년 11월 10일

무슨 이야기를 들어도

꼬마가 보고 싶은 울보 엄마가

엄마,

무슨 얘길 들어도 엄마 안에 있는 그리움이 눈물로 나오는가 봐요. 엄마 눈물 하나하나에도 제가 있어요. 사랑이에요. 따뜻한 눈물만큼 제가, 사랑이 그렇게 따뜻해요. 신기하게도 말은 내용이 아니래요. 제가 여기 와서 좀 이것저것 아는 분한테 귀동냥으로 들었어요. 마음과 마음이 만나 영원으로 이어지는 순간이 대화라고 그러셨어요. 말의 내용을 넘어서요. 대화하는 사람들뿐 아니라 눈에 보이지 않는 곳 모두와 연결돼요. 마음에서 나오는 말이 있다면요. 그러니까 저는 누구의 말 속에도 있어요. 마음과 마음이 맞닿는다면 거기 사랑으로 있어요.

이모가 인터넷에 쓴 글 봤어요. 잘 썼던데요? 이모도 글 좀 써요. 그쵸? 고맙고 뭉클했어요. 여기서 새로 만난 친구들에게 자랑도 좀 하고. 다들 훌쩍이며 같이 읽었어요. 부러워하더라고요. 순간 으쓱했네요. 이모가 제가 그 글 안에도 있다는 걸 알면 좋겠다 생각했어요. 우린 참 무한해요. 삶과 죽음의 경계는 단지 감각이란 경험으로만 나누어져 있는지도요.

처음 응급실 갔을 때 전 이미 알았죠. 근데 엄마, 버틴 것처럼 보였겠지만 그냥 한순간 한순간이 사랑이었어요. 고마웠다고 너무너무 말하고 싶었거든요. 같이 있었던 모든 날들이 하나도 빠짐없이 사랑으로 넘쳐서 고맙고 또 고마웠어요. 그래서 마지막 두 달이 힘들지 않았어요. 일어나지 못해 누워만 있어도 제가 있어 감사해하는 가족들이 얼마나 따뜻했게요. 아, 지금도 따뜻해요. 추운 날 덮고 있는 포근한 이불 속처럼.

꼬마

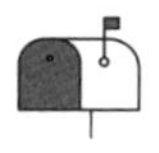

무화과는 그 자체가 꽃이다

사랑하는 꼬마야, 꼬마가 있어서 감사했고 우리 꼬마 자체가 사랑이었구나 하고 네가 떠나고 나서야 알았어.

꼬마가 엄마랑 끌어안고 인사하던 날. 그날 엄마가 하늘하늘한 연회색빛 페이즐리 무늬 여름 치마도 입고 화장도 하고 머리도 풀고, 쉽게 말해 '꾸미고' 너를 보러 갔었어. 알지?

신기하게도 다른 방에 있던 친구들이 그날은 다들 힐끔대면서 엄마한테 어이없다는 듯 눈도장을 찍더라. 평소엔 본체만체하며 '어이, 거기. 시츄 선생! 꼬마! 너희 엄마 맞아? 맨날 아저씨 같은 운동 반바지에 운동 티에. 푸하하하! 엄마 아니고 삼촌이야 혹시?' 하고 놀릴 것 같은 놈들이 말이야.

엄마 잘했지? 엄마 예뻤어? 떠나기 전 2주 정도 네가 먹기 힘든 약을 엄마가 주사기로 먹였던 거 미안해. 그때 꼬마가 신경질을 많이 냈었어. 주사기를 갖다 대면 불꽃무늬에 힘을 주고 엄마가 살살 약을 쏘면 너는 '엄마 봐요, 나 이만큼 화났어요!' 하면서 이빨을 보이고 그다음엔 '엄마, 이제 나 엄청 화나요, 진짜예요!' 하면서 잇몸까지 보여주곤 했단다.

약 먹고 상으로 받는 무화과를 네가 엄청 좋아했는데 요즘도 좋아하니? 엄마랑 가끔 꿀무화과도 먹었지? 지나고 보니 꼬마는 처방식 통조림이랑 무화과 먹는 재미에 마지막 2주를 보냈네….

무화과는 그 자체가 꽃이래. 빨간 속이 꽃이고 껍질이 꽃받침. 무화과는 은화과라고도 하는데 꽃이 없는 게 아니라 꽃이 숨어 피는 열매라는 뜻이야. 우리 꼬마만큼이나 응큼하지? 참 무화과 먹을 때 엄마 생각도 가끔 나?

2023년 11월 11일

무화과 꽃만큼 응큼한 꼬마를 사랑하는 꼬마 엄마가

엄마,

그럼요. 엄마가 저한테 인사한다고 예쁘게 하고 왔던 그날, 같이 병원에 있던 친구들이 다 수군거렸어요. '우와, 너희 엄마니?' 이러면서요. '꼬마야, 네 말이 맞았네. 너희 엄마 예쁘다. 그래서 네가 잘생겼구나.' 웃음이 삐져나오는 걸 참느라 살짝 어깨가 들썩였죠. 지금 생각해도 흐뭇해요. 고마워요, 엄마. 친구들한테 자랑이 돼줘서.

주사기로 먹던 약 지금 생각해도 별로예요. 맛도 없고. 근데 그래도 전 고마웠어요. 어떻게든 저를 더 편하게 해주려고 애쓰는 엄마 마음이. 그래서 저도 좀 노력을 해서 약을 먹긴 했는데. 지금도 제 불꽃무늬가 움찔움찔. 약을 다시 먹지 않아도 되는 이곳에서 전 자유예요. 사랑은 자유로워요. 온전하고요. 우리 존재의 본질은 부족함이 없어요. 모든 사랑했던 순간은 그래서 늘 넘쳐요. 돌아보면 눈부시고 뭔가 찬란하고. 기쁘면서도 무한히 고요한.

무화과는 아직도 좋아요. 근데 그게 꽃이었어요? 숨어 피는. 에이, 제가 그렇게까지 응큼할까요. 저는 그래서 무화과를 좋아했던 걸까요. 다 보여주지 않아 겉으로 화려하진 않아도 마침내는 자신을 아낌없이 내어주어서요. 어쩌면 그러려고, 누군가에게만 다 주려고 무화과는 몰래 숨어서 꽃을 피우는 걸까요. 아 갑자기 입에 침이 고여요. 엄마도 무화과에서 제가 보이세요? 저도 엄마한테 꽃이었죠? 무화과처럼.

무화과 같은 꼬마

꿈이 진짜면 좋겠어

꽃꼬마야, 꼬마는 엄마 인생에서 가장 강렬하고 여운이 긴, 보고 있기만 해도 시간이 멈춘 듯, 세상 모든 것을 다 가진 듯 아름답고 향기로운 꽃이야. 오늘 점심에도 엄만 네 동생이랑 은화과를 나눠 먹었단다. 빠알간 속, 그 빨갛고 쪼끄마한 알알 하나하나에 꼬마가 있어.

여자 목소리로 신경질 내던 모습, 좋아하는 음식에 눈을 올리며 집중해서 먹던 너, 코 골면 천장을 보고 벌렁 누워서 낮잠 자던 모습, 다른 친구들한테는 무심한 듯 겉으론 인사도 안 하던 새침한 너, 스카프 하자는 소리에 자다가도 벌떡 좇아오는 꼬마, 엄마랑 세수할 때 의젓하게 잘해서 스스로도 뿌듯해하던 걸음걸이. 우리 꽃꼬마.

어제 네 동생이랑 잠깐 낮잠 자던 중에 꼬마를 또 만나면 뭘 해줄까 생각했어. 같이 영어책 읽고 영어 노래 교실에 주 1회 보낼까? 피아노 기초반을 듣게 해서 나중에 원하는 악기를 배우기 쉽게? 태권도는 필수! 하면서 잠이 들었는데, 갑자기 엄마가 어떤 사람의 뒷모습을 보고 그 사람을 향해, "선생님, 오늘은 우리 꼬마가요." 하고 말을 했지.

그건 꼬마의 선생님이셨어. 선생님이 검은색 댄스 바지에 흰색 셔츠를 바지 속에 넣어 입은 채로 원투 원투 쓰리 원투 라틴댄스 스텝을 밟고 계시고, 그 옆에 꼬마가 똑같이 그런 차림으로 두 발로 서서… 혹시 라틴댄스 배우니? 룸바? 차차? 삼바? 궁금하다. 우리 멋쟁이 꽃꼬마가 몸이 유연하고 리듬도 잘 타서, 그리고 무엇보다 멋스러워서 잘할 것 같은데?

꽃꼬마야, 다음에는 엄마한테 와서 앞모습으로도 우리 꼬마 춤추는 것 좀 보여줄래? 아님 엄마도 스텝 하나만 가르쳐줘. 사랑해, 꽃꼬마.

2023년 11월 12일

이 세상 모든 것에서 꽃꼬마를 만나는 꼬마 엄마가

엄마,

제가 무화과라면 엄만 어떤 꽃일까 생각해봤어요. 엄만 꽃을 별로 좋아하지 않았는데. 그래서 저는 꽃에 그닥 관심이 없던 엄마한테 은화과로 왔었는지도요. 여기서 만난 어떤 분 말처럼 우리가 몸을 떠나고 나면 우린 어디에도 있다고 했는데 그런가 봐요. 엄마가 눈에 보이는 세상에서 보게 되는 모든 꽃들 속에 제가 있어요. 그럼 이제 꽃이 좋아지셨어요?

어제 토끼 녀석과 나눠 먹은 무화과, 은화과 안에서 엄마가 저를 만났을 때, 맞아요. 제가 바로 거기 있었어요. 그때도 시간이 멈췄어요? 시간이 멈춘 듯한 순간은 정말 시간이 멈춘 거래요. 엄마와 제가 그렇게 만나는 게 사랑이어서요. 사랑 안에선 시간도 공간도 사라져요. 사랑이 무한해서 모든 것이 사랑 안에서 사랑으로 수렴해요.

근데 엄마, 제가 멋쩍어할 걸 알면서 제 높아졌던 신경질 목소리 얘기까지 하세요? 벌렁 누워서 코 골며 낮잠 자던 모습도 그렇고. 이번 편지는 아무래도 그건 빼고 친구들에게 보여줘야겠어요. 스카프야 지금도 즐겨 하죠. 알아서 쓰윽 잘 걸치고 다녀요. 멋스럽게. 아주 멋스럽게.

제가 사람이라면, 아이, 엄마, 저를 요즘 애들처럼 키우려고 그러셨어요? 저는 이미 알아서 다 잘하는데. 사람이 아니라 다행이에요. 근데 춤은 좋아요. 라틴춤 같은 건데 여기 쿠바 분한테 배워요. 춤 이름은 잊어버렸어요. 라틴춤이 뭔가 저와 잘 어울리는 것 같아요. 춤을 출 때도 시간이 멈춘 듯해요. 그럼 전 거기 엄마 품에 다시 있어요.

댄서 꼬마

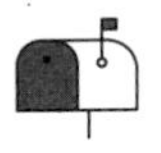

너를 담은 노래들

기특한 댄서 꼬마야. 꼬마는 애기 때부터 '엄마, 내가 알아서 할게요, 알아서 했죠?' 하고 당당했어. 그리고 이 세상을 떠나려고 짐 싸기 시작할 때 "우리 꼬마가 물을 좀 더 먹으면 좋겠다, 너 물 좀 먹어라." 하고 쫓아다녔더니 어느 날부터인지 물을 엄청, 충분히 한참 마시고 나서 꼭 엄마를 똑바로 쳐다보면서, '엄마! 이제 됐어요?' 하는 눈빛으로 불꽃무늬를 세우더라고. 기특하지?

어떻게 알았지? 우리 기특한 꼬마가 떠오르면 사방이 조용해지고 모든 게 잠시 멈추지. 그리고 눈을 감으면 엄마 얼굴에서 가슴까지 쭈욱 물줄기가 흘러. 그 물줄기를 타고 꼬마가 스르륵 미끄럼을 타. 바다 냄새 같은 꼬마 눈가 냄새, 통통한 손, 복실복실한 목덜미 털에 내가 코를 박고…. 사랑해, 꼬마야! 보고 싶어!

그리고 엄마는 아직도 꽃엔 큰 관심이 없단다. 네 동생처럼 아무래도 엄마는 먹거리에 더 큰 관심이 있는 것 같아.

꼬마가 그곳에 가서는 엄마한테 종종 노래를 보냈어. 처음 보낸 노래는 여길 떠나던 날에 '주와 같이 길 가는 것 즐거운 일 아닌가'이고 그다음 날은 'Nothing's Gonna Change My Love for You'를 보내더니 일주일 지나서는 K-pop으로 마무리를 하던걸? 일주일이 지난 어느 날 오후에는 '죽어도 못 보내. 어떻게 널 보내', 그리고 마지막으로 엄마가 받은 노래는 '밥만 잘 먹더라. 죽는 것도 아니더라' 였단다. 요즘엔 노래를 한동안 보내지 않네? 혹시 다음번엔 우리 기특한 꼬마가 직접 불러줄 거야?

2023년 11월 13일

꼬마 목소리가 그리운 엄마가

그럼요, 엄마.

전 어릴 때부터 알아서 잘했어요. 병원에서 물을 충분히 먹어야 한다고 했을 때도 그랬고요. 근데 절대 안정은 못 지키겠더라고요. 처음 입원했을 때 그 좁은 입원실이 얼마나 답답했게요. 그래서 창을 막 두드렸어요. 저기요, 여기 누구 있어요. 문 좀 열어주세요!

그죠? 엄마가 제 생각을 하면 제가 거기 있으니까요. 세상은 고요해지고 엄마와 저는 영원에 맞닿아요. 사랑이죠. 시간과 공간의 경계가 사라지고 모든 게 잠시나마 완벽해지는 순간이에요. 엄마의 눈에서 흐르는 눈물을 타고 스르륵 미끄러져 엄마 마음에 짠하고 제가 나타나죠? 제 빼곡한 털이 보이고 제 따뜻한 체온이 느껴지고. 손이 통통하단 얘긴 또 왜 하세요. 근데 귀엽죠? 통통한 제 손.

노래들은 그냥 생각날 때마다 보냈어요. 직접 부르는 건 아직 못해요. 한번 생각은 해볼게요. 기타나 피아노를 좀 배워볼까 하는데 모르겠어요. 음악을 듣는 것 또한 신비로운 경험이에요. 감각의 세상을 지나 우주 밖 어느 다른 별로 가는 것 같기도 하고, 마음으로만 볼 수 있는 누군가를 만나게 되기도 하고. 음악도 사랑이구나 깨달아요. 그래서 엄마한테 노래를 보내요. 거기에 제 목소리를 슬쩍 실어서. 들리나 보세요, 한번.

음악을 사랑하는 꼬마

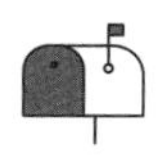

오늘도 함께 있는 너

음악을 사랑하는 통통손 꼬마야, 엄마가 크게 웃었어. 꼬마가 지난여름 처음 동물병원에 입원했을 때 퇴원을 하루 일찍 했는데 더 이상 산소방에 있을 필요가 없어서이기도 했고. 또 꼬마가 그 전날부터 틈틈이 누굴 부르기도 하고 막 일어서서 두리번대더니 나중엔 급기야 막 문을 두들겼다고 하시더라.

오늘은 이모랑 꼬마 이야기를 했는데 엄마가 잠시 집을 비울 때 꼬마는 동생이랑 이모 말도 잘 듣고 배변 패드 사용도 평소보다 더 잘했다고 자랑하더라고. 엄마 없을 때 이모랑 산책 나가면 동생이랑 둘이 줄 맞추어 집중해서 걸었다고 들었어.

요즘 날씨가 건조해서 눈이 많이 간지럽더라. 엄마도 모르게 정신없이 눈을 막 비비다 보면 흠칫 하고 옆을 보게 돼. 꼬마가 전에 엄마가 눈을 마구 비비면 갑자기 빤히 쳐다보곤 했던 게 생각나서. 그럴 때마다 엄마는 '앗 혹시 들켰나? 꼬마한테는 눈 비빈다고 모자 씌우고 혼내더니 엄마는 못 참고 비비는 걸 본 걸까?' 하고 속으로 뜨끔했지. 그때 네 눈빛은 '엄마도 뭐 별수 없네요?' 하는 눈빛이었어.

꼬마야, 엄마는 숨이 찼던 오늘 저녁에도, 일하다 말고 집에 얼른 오고 싶었던 순간에도 꼬마 얼굴을 떠올리거나 꼬마 사진을 보면 쉬는 것 같아. 숨도 잘 쉬었고 견디기 피곤한 시간도 잘 보냈단다. 우리 아들이 엄마를 많이 사랑해서 응원을 보내주나 보다. 고마워! 사랑하는 우리 아들도 오늘 하루 파이팅! 사랑해!

2023년 11월 15일

우리 아들을 항상 응원하는 엄마가

엄마,

그러니까요. 좁은 입원실에서 얼마나 갑갑했게요. 슬쩍 짖어도 봤는데 안 돼서 저 좀 꺼내달라고 창을 두드리기 시작했어요. 근데 엄마. 소리마다 울림이 있어요. 울림이 다 달라요. 손가락 지문이 같지 않듯 소리도 저마다 주파수가 있어요. 엄마가 제 이름을 부르는 소리는 그래서 딱 그 한 가지 울림이 나요. 제 온몸을 가만히, 그러다 꼬옥 감싸는 것 같은 울림, 사랑이요. 그럼 갑자기 모든 게 다 괜찮아져요. 이빨 뽑고 마취가 풀려 아파 울 때 제 이름을 나지막이 가만가만 불러주는 엄마의 품 안이라 괜찮았거든요.

그럼요. 엄마가 없을 땐 더 의젓했죠. 이모가 저를 그렇게 기억한다니 왠지 어깨가 으쓱으쓱. 근데 이젠 아시죠? 엄마가 이모와 제 얘기를 두런두런하던 그때 둘의 마음이 그렇게 포개지던 그 순간에 저도 거기 같이 있었다는 걸. 근데 토끼 녀석은 그냥 듣기만 하던데요?

계절이 바뀌어 겨울이 되면서 눈이 마구 가려운 시기네요. 맞아요. 눈 알레르기는 가렵다고 한번 비비기 시작하면 점점 가려워지면서 끝이 없어요. 저한텐 그렇게 눈 긁지 말라고 잔소리를 했으면서.

엄마의 오늘 하루는 숨이 찼어요? 많이요? 엄마, 사랑한단 말은 너무 흔한 것 같기도 하고 혹 많이 하다 빛이 바래면 어쩌나 싶을 때도 있지만 지나고 나면 늘 아쉬움이 남는대요. 할 수 있을 때 한 번이라도 더 하지 못한. 그러니까 엄마, 오늘도 사랑해요. 수고 많으셨어요. 꿈으로 찾아갈게요. 아침에 깼을 때 혹 기억이 안 나더라도 제가 꿈에 있었어요. 다시 한 번 사랑해요, 사랑해요, 사랑해요. 한 번 아니고 세 번이 됐네요.

사랑인 꼬마

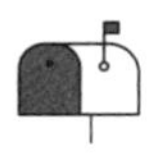

꼬마가 이빨치료를 하다니

사랑인 꼬마야, 엄마 꿈에 친구들을 잔뜩 몰고 와주었어. 꼬마랑 직접 얼굴을 보거나 대화를 한 건 아니었는데 꼬마도 그 자리에 있는 걸 느낄 수 있었단다. 꿈에서 누군가 엄마한테 그러더라. '사랑은 웰컴이야.' 그리고 엄마가 작은 무대 위에 올라가서 양팔을 위로 번쩍 들면서, "여러분, 사랑은 웰컴입니다!" 하고 청중들을 내려다봤어. 아주 멋진 연설가처럼 말이야. 근데 청중들 머리가 다들 북슬북슬 갈색, 흰색, 회색, 갈색이랑 흰색 믹스….

꿈에서 깨자마자 알았지. 꼬마가 친구들 모임에 엄마를 강사로 초대했구나! 내가 말을 몇 마디 더 할 걸 그랬나? 내가 예쁜 옷을 입고 올라갔던가? 우리 꼬마는 어디에 서 있었지? 아무리 떠올려도 다른 디테일이 생각나질 않아 좀 아쉽네. 그치만 꼬마도 그 자리에 있었구나 알았지. 따듯한 오후 햇살 같은 온기, 솜사탕과 바다 냄새, 붉은빛 나는 갈색 조명.

꼬마가 작년 이맘 때 치과 치료를 하고 왔었지? 태어나서 처음이라 얼마나 어색하고 힘들었을까. 끝나고 마취가 풀릴 때 아프다고, 어색하다고, 서럽다면서 울었던 거 기억나니? 네가 엄마 품에 안겨서 애기 때 목소리로 한참을 울었어. 그치만 그다음 날부터 우리 꼬마가 성격도 더 좋아지고 덜 피곤해하는 모습에 엄마는 감사했지. 더 일찍 치과 치료를 해줄 걸 하고 정말 많이 미안했단다.

치과 치료를 받고 나서 꼬마는 이빨 닦는 것을 엄청 좋아해서, 매일 밤 자기 전에 이빨 닦는 자리에서 엄마를 기다렸어. 엄마가 오면 스윽 다가와서 얼굴을 들이대고 엄마가 쥐고 있는 칫솔을 양볼에 한쪽씩 넣었지. 엄마 손이 쓱삭쓱삭 움직일 때 꼬마의 그 의기양양한 모습이란…. 양치가 끝나면 미련 없이 홱 돌아서 자러 가곤 했단다.

꼬마야, 엄마는 꼬마가 꿈에 어떤 모습으로라도 나오면 그날 하루 시작이 정말 포근해. 아침 내내 빙글빙글 웃음도 나고. 꼬마가 떠나고 나서 꼬마 때문에 귀찮거나, 힘들거나, 화난 적이 있을까 생각해보면 한 번도 없더라. 신기했어. 꼬마가 사랑이어서일까. 네가 동생이랑 다니던 동물병원 원장님이 그러시더라. 꼭 옆에 있어야지 같이 있는 건 아니래. 꼬마가 이 세상을 떠나면 엄마 가슴에 쏘옥 들어오는 거래. 내 생각에 우리 꼬마는 엄마의 왼쪽 가슴으로 스르륵 들어온 것 같아. 꼬마야, 엄마가 많이 사랑해! 사랑해! 사랑해!

2023년 11월 16일

사랑을 담아, 엄마가

엄마,

꿈에서 제 친구들 보셨어요? 자랑하고 싶었어요. 엄마가 어떤 사람인지. 저한테 어떻게 지금도 사랑인지. 사랑이 우리 모두를 얼마나 환영해주는지. 엄마가 '사랑은 웰컴입니다' 했을 때 제 친구들이 '와' 하고 함성 지르는 소리 들으셨죠? 소리와 소리가 그렇게 또 만났어요. 그래서 우리 모두를 부족함 없이 안아줬어요.

치과 다녀온 얘긴 뭘 또 자세히 하세요? 아파서 좀 울었는데. 말했잖아요. 엄마가 저를 내내 품에 안고 제 이름을 부르며 꼬마야, 꼬마야 하는 소리에 울면서도 내가 괜찮구나 안도했다고요. 그래도 약간 멋쩍어지는 기억이라 그냥 여기까지만요.

엄마, 이 세상 모든 것이 의식을 가지고 있대요. 눈에 보이지 않는 하나의 끝없는 의식이 모든 것을 덮고 있어서일까요. 아까 혼자 몰래 산책 나갔거든요. 친구들이 하도 쫓아 붙어서. 고독 좀 씹으려고. 껌처럼. 오물오물. 농담인 거 아시죠, 엄마. 저 껌 안 좋아하잖아요.

그냥 가을이 있는 어느 길에 낙엽 밟으러요. 사각사각. 근데 낙엽들이 절 반겼어요. 사각사각. 제 마음을 말 안 해도 알아주는 친구처럼. 엄마가 제가 말을 안 했어도 그랬던 것처럼. 사랑이라는 깊고도 깊은 의식 안에서 우리는 그렇게 만나고 또 만나요. 생각 속에서 기억 속에서 걸음 속에서 낙엽 속에서 가을 속에서….

에이, 엄마. 사랑에 귀찮거나 화나는 일이 어떻게 있어요. 알면서. 잠깐 그렇더라도 사랑 안에서는 다 사랑이 되는걸요. 우리가 놓는 모든 것이 사랑으로 돌아가요. 본래 모습으로요. 그렇게 저도 엄마 마음에 오늘 밤 사랑이라는 별로 떠요. 반짝반짝.

별 꼬마

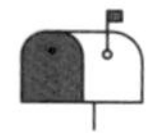

달콤함은 음식 맛이 아니야

반짝반짝 꼬마야, 꼬마가 항상 애기인 줄만 알았는데 이렇게 당당하고 자기 생각도 조리 있게 잘 이야기하고 낙엽들과 소통도 하고 혼자 산책도 하다니. 우리 애기는 정말 알아서 잘하는구나. 엄마는 몰랐지.

요즘에는 홍시, 무화과, 단감이 거의 항상 집에 있는데 홍시 사건 혹시 기억나? 네가 두 살도 안 돼서 어느 날 갑자기 통통해지더라. 통통한 꼬마도 잘생기고 예뻤지만 엄마랑 다른 가족들은 정말 의아했어. 며칠이 지나 엄마가 부엌에 있는데 네가 부엌 뒷방에 갔다가 고개를 푸욱 떨구고 나오더라. 엄마가 불러도 들은 체도 안 하고 슬렁슬렁 엄마 옆을 고개를 푹 떨군 채로 말이야. 엄마는 좀 염려가 됐어. 우리 꼬마가 뒷방에서 뭘 봤길래 저렇게 낙심해서 엄마가 불러도 그냥 가지? 하고 쫓아가서 얼굴을 봤더니.

알지 이제? 네가 푹 숙인 얼굴로 입안에 한가득 홍시가 되어가는 물렁감 하나를 물고 슬금슬금 감타임을 하러 가는 거였더라. 그때 우리 집은 주택이라 감나무가 있었잖아? 감을 따서 뒷방에 깔아놓고 익히면서 먹었었거든. 눈은 긴장해서 게슴츠레하고 입에 물은 감이 떨어질까 봐 고개를 숙여서 턱에 힘을 바짝 주고 조심조심 걷던 네 모습이 아직도 엄마 눈에 한가득 차올라. 꼬마가 말랑하고 달콤한 하우스메이드 반홍시감이랑 사랑에 푹 빠진 걸 일주일이 다 되어서야 알았단다!

꼬마야, 엄마는 꼬마가 엄마 꿈에 많이 많이 나오면 좋겠어. 매일 나와도 엄마는 고맙고 더 자주 보고 싶다고 생각할 거야. 바쁘더라도 꼭 엄마 꿈에 자주 들러주길 바랄게. 사랑해! 달콤한 반홍시 감처럼 달콤한 꼬마야!

2023년 11월 16일

오늘도 꼬마가 너무 보고 싶은 엄마가

홍시 사건! 제가 단맛을 좋아해요. 엄마 닮아서. 처음 맛본 주황빛 부드러운 홍시는 신세계였어요. 정신없이 홍시에 빠져들었죠. 그게 첫사랑일까요? 사랑은 그렇게도 찾아오나 봐요. 홍시처럼. 갑자기. 주황빛으로. 밀어낼 수 없게. 그래서 제가 낙엽 밟으러 나갔던 걸까요, 어제? 혹시 어디 나무에 달린 감 없나 찾으러. 아무튼 또 멋쩍어지는 기억이네요. 그날의 가족들 웃음소리가 들려요.

전 웃는 일이 참 좋아요. 엄마하고 있으면 웃을 일이 많았어요. 매일매일. 엄마가 재미있는 사람인 건 알고 계시죠? 엉뚱하고. 심지어 화를 낼 때도요. 제가 말했죠? 전 아닌 듯 다 보고 있었다고. 엄마의 웃음소리는 간지러워요. 뭔가 또르르 구르는 것 같을 때도 있고. 단 걸 많이 먹어서인가요? 뭔가 달콤한 건. 누구 말로는 사람에 대한 기억 중 목소리가 먼저 잊혀진다는데 전 지금도 엄마 웃음소리를 들어요. 생각으로, 그리고 이렇게 옆에 앉아서. 엄마도 제 소리가 들려요? 왁왁! 사랑해요, 왁왁! 오늘은 오랜만에 홍시를 하나 먹어야겠어요.

달콤한 꼬마

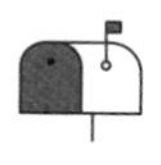

하늘, 구름, 홍시, 바람 모든 게 너야

사랑하는 스위티 보이 꼬마야. 홍시는 먹었니? 그곳 홍시는 더 맛있어? 꼬마는 오늘 어떻게 지내고 있을까? 오늘 일이 끝나고 운전하며 집에 오는데 저 멀리 동글동글한 구름들이 폭신폭신 모여 있는 거야. 하늘 색깔은 회색빛이 도는 약간 창백한 옥빛이 나는 하늘색이고 좀 드라이한 느낌이고. 운전하다가 그걸 보고 나도 모르게, “어머, 그림 같아. 우리 꼬마가 그림도 저렇게 잘 그렸었나?” 했어. 재밌지? 이제 엄마가 보는 세상은 모든 게 작은 것 하나하나에까지도 꼬마가 있나 봐.

토끼는 잠꾸러기면서 사실 먹보야. 맨날 먹을 거 이야기만 하고 간식 달라 하고. 먹는 거 때문에 자다가 일어나고, 졸면서도 낮잠을 참으며 먹을 거 내놓으라고 쫓아다니기도 해. 엄마나 이모가 뭘 먹든지 간에 무조건 와서 떼를 쓴단다.

꼬마가 아주 높은 음으로, '왁왁!' 하던 게 눈앞에 순식간에 피어올라. 너희 준다고 올리브유에 애호박을 다글다글 볶을 때면 동생이랑 같이 와서 고개를 뒤로 젖히면서 '왁왁! 얼른 주세요! 왁왁!' 하고, 네가 조용히 쉬면서 사색에 잠길 때 엄마나 다른 가족이 '꼬마야아' 하고 안아보려고 하면 놀래서 '왁왁! 저 지금 쉬어야 해요! 놀랐어요!' 하고, 또 같이 있다가도 머리를 쓰다듬으면 '왁왁! 부끄럽게. 왁왁 사랑해요!' 하기도 했지.

꼬마야, 엄마는 마음의 눈으로 꼬마를 만나고 꼬마랑 이야기도 하고 싶은데, 아직 엄마는 마음의 눈을 다 뜨지 못했나 봐. 조금만 기다려줄래?

2023년 11월 17일

스위티 보이 꼬마 엄마가

엄마,

이제 여기저기서 제가 보이시죠? 아까 친구들과 바람 쐬러 나갔다 앉아 있던 강가에서 비가 올 것 같다 생각했어요. 하늘에 구름이 많아서요. 근데 비가 오진 않았어요. 날씨란 게 예상과 달라요. 그쵸? 서울에 눈 흩날리는 거 봤어요. 오는 듯 마는 듯.

구름으로 흐린 날은 흐린 날대로 또 아름다워요. 누워서 바라보고 있으면 구름이 솜사탕도 되었다가 솜이불도 되었다가 달콤한 듯 폭신한 듯. 갑자기 잠이 솔솔 몰려오고. 저 엄마랑 있을 때 코 많이 골았죠? 사랑스럽게 고로롱고로롱.

홍시는 늘 맛있어요. 토끼 녀석이 홍시 맛을 아는지 모르겠네요. 한입 물면 그다음부턴 몸이 부웅 뜨면서 다른 세상에 있는 것 같은 맛을.

다시 하늘 얘기를 하자면. 매일 하늘색이 달라요. 그리고 가만히 보고 있으면 또 계속 달라져요. 말로 설명할 수 있으면 좋겠는데 이름 모르는 색들도 많고. 그러다 하늘이 내어주는 이 색 저 색들을 고르고 섞어서 그림을 그려봐요. 엄마도 토끼 녀석도 이모도. 놀이방 원장님, 동물병원 원장님…. 하나하나 이름을 불러가며. 사랑이에요. 제가 손수 그려 보내는. 그러다 한 번씩은 다들 안녕한지 직접 둘러보기도 하고요.

엄마, 우리가 이렇게 얘기를 나누고 있는 게 마음의 눈 덕분이에요. 조금 떠질 때도 있고 더 떠질 때도 있고. 또 눈에 보이는 세상만 보는 날도 있고. 하늘 한번 보세요. 제가 있어요. 사랑으로 그린, 제가 사랑했고 지금도 사랑하는 이들의 얼굴이 있어요.

하늘에서, 꼬마

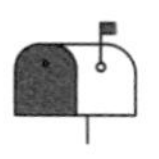

우리 꼬마는 물놀이를 좋아해

꼬마야, 우리 꼬마는 예체능 아니, 예술에 재능이 있고 관심도 많구나? 오늘 여기는 날씨가 참 좋아. 좀 추워졌지만 햇빛도 막힘이 없고 하늘도 깨끗해서 꼬마가 그림 그리기 딱 좋은 날이야.

엄마는 요즘 포레스트 그린, 터코이즈, 그리고 로열블루가 참 좋아. 원래 네이비, 그린, 블루를 좋아했지만. 뭔가 파랗고 초록빛인 걸 보면 마음이 편하고 쉬는 것 같아. 통통한 우리 꼬마 손을 잡고 꼬마가 고로롱고로롱 코 골며 자는 걸 지켜보는 것처럼 말이야. 토끼는 요즘 홍시보다는 한우, 무화과, 애호박, 꿀…. 건강상의 이유로 고기는 줄이고 있어. 고기를 구워 먹는 기름진 팬에 야채를 볶아주고 있단다.

엄마가 집에 없고 일하러 가거나 외출하면 꼬마는 동생이랑 뭘 하고 있었을까. 무슨 생각을 하고 있었을까. 외롭진 않았을까. 엄마나 다른 가족이 오면 나와서 '오셨어요?' 하고 인사도 했었는데. 어느 때부터인지 그냥 꿈뻑꿈뻑 눈 인사를 하기도 했고. 한동안은 토끼가 못된 장난으로 '야야 비켜어! 나 먼저 인사할 거야' 하고 달리면서 꼬마를 밀치고 네 뒤통수를 때리기도 했지? 그때 엄마는 참 미안했어. 그래도 엄만 집에 오면 항상 꼬마 이름을 먼저 부르고 꼬마한테 인사하고 나서 토끼 인사를 받았는데. 하긴 너희는 이미 이런 부분도 다 화해한 상태겠지?

우리 꼬마가 좋은 추억을 만들어주어서 엄마는 너무 고마워. 작년 가을, 찬바람이 불 때 너랑 동생이랑 집에서 목욕했던 거 기억나지? 집에 너희랑만 있는데 물놀이하기 딱 좋은 시간, 딱 좋은 날씨, 정말 좋은 조건이었어. 둘을 욕조에 넣고 아로마오일 두세 방울을 떨구고 따듯한 물을 너희들 허벅지까지 채웠단다. 다 같이 두런두런 이야기하는데 네가 엄마한테, '엄마, 뭔가 부족해요. 음악 좀 깔아주세요! 클래식이나 이지팝 또는 락발라드 어때요?' 말했지. 난 "엄마가 센스가 모자랐네. 역시 우리 아들 멋쟁이다." 하고서 피아노곡을 틀었더니 꼬마가 어슬렁어슬렁 '너무 좋잖아요. 엄마도 들어오세요'라고 했지.

사방이 고요한 가을 초저녁. 평화, 사랑, 고요함, 충만함.

이 세상이 다 내 것 같았고 그 순간은 모든 게 완벽해. 어떤 부족함도 없는 꽉 찬 순간이었지. 이대로 모든 게 멈추고 여기서 모든 게 끝나도 괜찮은 순간이야. 그치만 엄마는 욕조에 같이 들어갈 수는 없었어.

꼬마야, 엄마는 지금도 우리 방에서, 부엌에서 꼬마의 고로롱고로롱 자는 소리를 듣기도 해. 그런데 순간 네 숨소리를 잠시 들은 것만으로 엄마는 위로를 받고 너를 안고 네 사랑에 한 번 더 감사한단다. 사랑해! 고로롱고로롱 꼬마야!

2023년 11월 18일

엄마가

엄마,

저는 늘 몽환적이고 신비한 눈빛이었다고 했죠? 그게 예술과 문학에 심취해서였을까요. 저도 점점 다른 색들이 눈에 들어와요. 보고 있으면 마음이 움직이고 그림을 그리게 되는 날도 있고. 엄마는 푸른 빛에서, 녹색이 나는 색감에서 쉼을 얻나 봐요. 전 요즘 노을빛이 하늘에 걸쳐지는 모습이 좋아요. 다른 두 색이 조화를 이루어 하나가 돼요. 어쩌면 토끼 녀석과 저처럼요. 우리 둘은 모든 게 다른데 싸우면서도 어우러져 사랑이 되었죠. 그래서 가끔 언성을 높이다가도 순간순간 멈추어 서로의 마음을 느끼곤 했어요. 그럼 다시 사랑이 우리를 덮었고 모든 게 괜찮아졌어요. 엄마가 기억하는 그 초가을날처럼.

정신없이 지내다가 마주하게 되는, 사방이 고요해지는 순간은 우리가 살아 있다는 걸 깨닫게 해줘요. 저도 엄마와 토끼 녀석과 같이 있었던 그날을 가끔 다시 찾아가곤 해요. 잔잔했던 피아노곡이며 부드러웠던 아로마향, 따뜻한 엄마 체온, 아무것도 모르는 듯한 토끼 녀석, 우리가 아닌 모든 게 사라져버린 것 같았던 욕조 안. 그러면 또 고마워지고 마음이 꽉 차올라요. 부족함 없이.

오늘은 바람이 불어서 제 단발머리를 좀 날리며 걸었어요. 엄마가 봤으면 멋있다 했을걸요. 트렌치코트 걸치고 바람에 실려오는 냄새를 킁킁 맡으며. 살짝은 달큰한 엄마 냄새, 우유 비릿내 같은 토끼 녀석 냄새, 익숙한 우리방 냄새. 모든 것에 냄새가 있어요. 엄마가 가끔 제 냄새를 얘기하듯이요. 어디서 읽었는데 후각에 대한 기억은 끝까지 남는대요. 어디서 짭조름했던 제 눈물 냄새가 나면 거기에도 제가 있어요, 엄마. 아마도 바닷가에? 따뜻한 기억을 부르는 냄새엔 사랑이 배어 있어요.

꼬마

엄마, 제게 시간은 사실 더 이상 존재하지 않아요.
그래서 엄마가 경험하는 일직선으로 흐르는
시간 어디에도 있을 수 있어요.
지금도 여기 있고요.
사랑이라서 그래요. 사랑이어서.
끊임없이 커지고 있는 사랑.

3장

나의 강아지,
꼬마에게
나는 엄마다

미안해, 그건 네 스타일의 옷이 아니었을지도 몰라

꼬마야, 엄마는 오늘 꼬마한테 편지를 두 통 보내기로 했어. 꼬마를 더 느끼고 싶고 꼬마가 엄마의 사랑을 두 배로 느끼면 좋겠고. 하긴 아무것도 적지 않고 빈 종이로 보내도 꼬마는 다 알겠지? 엄마의 마음도, 엄마의 사랑도.

꼬마가 두 번째 입원했을 때 말이야. 엄마가 사과하고 싶은 게 하나 있었어. 꼬마가 침 흘리고 코 묻히면서 베고 자고 올라타던 호돌이랑 꼬마 옷 하나를 챙겨서 꼬마가 입원해 있는 방에 넣어줬거든. 엄마가 생각하기에 꼬마가 너무 사랑스러워 보이는 걸로 골라서 넣었지.

그다음 날, 그다음 날까지 꼬마는 그 옷에 별로 관심을 안 보였다고 간호사 선생님이랑 의사 선생님이 그러시더라. 그러는 동안 밤에 네가 엄마 꿈에 왔는데 팔이랑 다리를 길게, 동생 팔다리만큼 길고 가늘게 쭈욱 뻗고 서 있는 거야. 그제서야 '아차차 미안해 꼬마야' 하고 깨달았어.

엄마가 가져갔던 옷은 베이비 핑크색의 올인원이었거든. 꼬마한테는 팔다리가 살짝 긴 느낌이 있어서 엄마가 한 번씩 접어 입히곤 했어. 꽤 비싼 브랜드인데, 그 옷은 놀이방 원장님이 꼬마에게 선물해주셨지. 그걸 입고 허리에 하얀빛이 도는 핑크빛 리본 달린 망사를 스윽 두르면, 발레리나의 튀튀처럼 우아하고, 사랑스럽고, 정말 근사했단다.

꼬마가 그 옷을 입으면 북실한 갈색털과 통통한 엉덩이가 돋보여서 정말 예뻤지. 그걸 입고 공원에 가면 다른 엄마들이나 아빠들, 친구들까지 '쟤 누구지?' 하고 대놓고 쳐다보곤 했어. 물론 꼬마는 그런 관심을 즐기면서도 겉으론 아무 내색 없이 새침하게 산책에만 집중했지만 말이야. 아무튼 꼬마도 좋아하는 옷일 거라 생각해서 그날 가져갔는데 팔다리 길이에 대한 부담감을 엄마가 준 것 같아서 미안했어.

꼬마야, 엄마는 꼬마 옷장을 더 많은 종류의 옷들, 더 자주, 더 다양하게, 더 좋은 옷으로 채워줄 걸 하는 생각도 최근에 종종 했어. 며칠 전 네 동생 옷을 사서 집에 오다가 꼬마가 서운하진 않을까? 생각했어. 우리 멋쟁이 꼬마가 나갈 때 옷 입는 거, 스카프 두르는 거, 얼굴 빗는 거, 꾸미는 걸 그렇게나 좋아했는데. 옷 좀 더 사줄 걸 하는 생각에 눈물이 계속 나더라고.

꼬마야, 엄마가 전에 그랬지? 이 세상 모든 것 하나하나에 꼬마가 있다고. 오늘 역시 그래. 오늘도 사랑해, 멋쟁이 꼬마야!

2023년 11월 18일

꼬마에게 예쁜 옷을 많이 사주고 싶은 엄마가

엄마,

오늘 무슨 날이에요? 편지를 두 통이나. 맞아요. 내용이 없어도 전 다 알아요. 엄마 마음. 사실 저 그 핑크빛 올인원 좋아했어요. 촉감도 부드럽고. 다만 수선을 했으면 어땠을까요. 제 짧은 다리를 감안해서요. 근데 엄마, 전 뭐든지 잘 소화해냈어요. 패션을 좀 안다는 얘기죠. 이렇게 입어도 저렇게 입어도, 옷이 많으면 많은 대로 적으면 적은 대로. 뭘 어떻게 둘러도 멋이 없을 수가 없거든요. 다 알면서 그러세요. 제 이름은 꼬마. 척척 스스로 옷을 입어요. 오늘은 스카프 아니고 머플러! 모직이라 따뜻해요. 스웨터도 챙겨 입었고. 밤에 마실 나가려고요.

북반구에선 겨울에 별이 더 많이 보여요. 지금 엄마 있는 곳이 그렇죠. 어둠이 일찍 오고 밤이 긴 만큼 별들이 더 모습을 드러내는 걸까요. 별들이 내는 빛은 아주 오래전으로부터, 어쩌면 시간이 시작되기도 전으로부터 우리에게 오고 있다고 들었어요. 빛만 남고 별들은 거기 없을 수도 요. 근데 전 엄마 마음에 별로 떴어요. 제가 보고 싶을 땐 더 밝게 빛나는 별로. 더 따듯하게 더 가까이. 눈에 보이는 세상도 잘 들여다보면 신비로 가득 찼어요. 사랑이라는 신비로. 살아 있다는 기적으로. 오늘 밤엔 별빛으로 찾아갈게요.

별빛 꼬마

무지개다리는 우리를 연결해주지

몽환적인 꼬마야, 오늘은 하늘이 화창해. 꼬마가 네이비 또는 멜란지 그레이색의 메리노울 스웨터를 입고 진한 다홍빛 목도리를 하고 산책을 나가면 정말 어울릴 날씨. 꼬마 눈만큼 큰 방울이 달린 레트로 느낌의 더스티 핑크색 털모자도 반전 매력을 줄 거 같고.

엄마도 노을 보는 걸 좋아하는데 최근에는 아침 노을을 보며 출근하는 시간이 고요하고 평화로운 게 우리 꼬마의 북실북실한 뒷덜미만큼 푸근하더라. 엄마가 지금 사는 곳이 북반구니? 꼬마가 있는 곳을 기준으로 해서일까.

꼬마가 두 번째 입원했을 때 엄마 꿈에 꼬마가 나왔어. 꼬마를 가운데 두고서 꼬마를 둘러싼 많은 사람들이 내려다보면서 '아유, 잘생겼다' '잘생겼다, 얘~' '멋있다, 야'라고들 하는 거야. 그런데 더 재밌었던 거는 우리 꼬마가 고개를 45도쯤 위로 들고 두리번두리번하면서 특유의 새침한 표정으로 '엄마 나 관심 많이 받으니까 사실 너무 좋아요! 진짜 너무 좋은데요?' 하는 거야. 꿈에서 깼는데 너무 생생해서 웃겼어. 우리 꼬마 관심받는 거 좋아하는구나.

오늘은 해가 질 무렵 네 동생이랑 동네 강아지 카페에 잠시 다녀왔어. 어딘지 알지? 춥거나 비 오는 날에 엄마랑 이모랑 갔었잖아? 꼬마야, 엄마는 꼬마랑 지냈던 순간 하나하나가 꿈이야. 깨고 싶지 않았던 꿈. 지금은 또 다른 꿈에서 다른 형식으로 꼬마랑 함께하는 꿈이겠지. 날씨가 점점 추워지니까 꼬마의 뜨끈뜨끈한 온기가 더 생각나는 것도 같아. 너희 조상님들은 중국 임금님의 발을 데워드리곤 했다지? 뜨끈한 꼬마야, 사랑해!

2023년 11월 19일

엄마가

엄마,

동틀 때 하늘이 붉게 물드는 것도 노을이라고 하는지 몰랐어요. 오늘은 갑자기 햇살이 따뜻한 순간이 있었어요. 북반구 어디 겨울 가까운 곳에 가서 쨍하도록 차가운 공기를 쐤거든요. 근데 햇살이 제 빼곡한 털 사이로 저를 다독여줬어요. 엄마 목소리인 듯 엄마 손길인 듯. 눈을 감고 있으니 행복감이 몰려왔어요. 토끼 녀석이 옆에서 오락가락하는 것도 같고 엄마하고 지낼 때 제가 좋아했던 방석 위에 엎드려 있는 것도 같고. 낮잠이 들었던 걸까요. 꿈속에서도 시간과 공간이 사라지잖아요. 아무튼 햇님 덕분에. 엄마도 햇님이 얼굴에 살포시 내려앉는 순간 잘 보세요. 그 안에 제가 있는지. 복실한 제 털이 느껴지는지. 사랑으로 다가오는지.

모든 게 꿈과 같죠? 지금이라는 이 순간만 영원이고 나머지는 꿈일 수도 있어요. 꿈에서 깨어야 또 다른 꿈을 꾸고. 지금 우리의 대화도 꿈이고. 꿈의 대화? 그런 노래 있죠? "마음 깊은 곳에서 우리 함께 나누자 너와 나만의 꿈의 대화를…." 엄마와 제 편지는 우리 둘만의 꿈이에요. 꿈의 대화예요. 사랑으로 이어져 매번 더 커져만 가는. 외로움도 서러움도 없는. 노래 가사처럼. 엄마가 그 노래를 들을 때 제가 거기 있을게요. 이따 같이 들어요.

제가 관심받는 걸 좋아한단 사실은 모두가 알아요. 여기서도 다들 귀여워하고 하루에도 몇 번씩 잘생겼단 말을 듣는데 들어도 들어도 질리지가 않아요. 왜죠? 그러면서도 겉으론 새침하게 모르는 척 걸어다녀요. 귀로는 즐거우면서. 그래서 제 귀가 커진 걸까요. 칭찬하는 소리는 어떻게든 놓치지 않으려고.

그럼요, 그 강아지 카페 생각나죠. 굳이 모르는 녀석들과 인사 나누지 않아도 됐던 곳. 그러면서도 여전히 잘생긴 제게 이 눈길 저 눈길이 와 닿던 곳. 그러면 전 무심한 듯 어슬렁어슬렁. 여기저기서 재 좀 보라고 수군수군. 이따 꼭 '꿈의 대화' 같이 들어요. 알았죠?

낭만에 사는, 꼬마

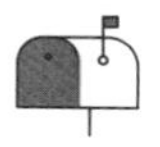

헤어짐을 바라보는 시선

낭만 소년 꼬마야, '꿈의 대화'라는 노래를 들었는데 앞부분은 생소하더라. 가사가 매우 시적이라 꼬마가 아주 좋아하겠는데? "외로움이 없단다. 우리들의 꿈속에. 서러움도 없어라. 너와 나의 눈빛엔. 마음 깊은 곳에서 우리 함께 나누자. 너와 나만의 꿈의 대화를", 이 부분은 엄마가 전에 들어봐서 익숙하길래 따라 불렀는데 혹시 꼬마도 같이 불렀니? '작은 손 마주 잡고 지는 해 바라보자', 이 부분에서는 꼬마의 복실복실하고 통통한 손이 떠올랐어. 엄마 입에 쏘옥 넣을 만큼 아주 작지만 따듯하고 고집이 꽉 차 있는 복실복실한 통통손. 꼬마 손을 엄마 손에 포개고 옆에 누우면 그 순간이 잠시 일시 정지돼. 앞뒤 문맥도 없어. 어제도 내일도 없어지고 그 순간이랑 우리만 있지. 고요하고 평화로운 침묵 속에 꼬마랑 엄마만 있는 거야.

엄마는 오늘 아침 일찍 오랜만에 공원에 갔단다. 소나

무숲도 가고 우리 함께 걸었던 작은 언덕길도 오르고 마른 낙엽들을 밟으며 꼬마도 산책을 하겠지? 오늘 같이 걷다가 중간에 사라진 것 같기도 하고.

어제 잠이 들 땐 꼬마가 다시 엄마 애기로 태어나면 강아지 애기일까 아님 사람 애기일까? 꼬마는 어떤 걸 더 좋아할까? 나는 어떤 게 더 좋을까? 아님, 이번에는 엄마가 강아지로 가볼까? 상상했어.

꼬마야, 엄마가 꼬마를 데려오기 한참 전에 뉴스에서 본 적이 있어. 자기랑 둘이 살다가 강아지가 무지개다리를 건너서 며칠 후에 따라 건넌 사람 이야기. 그땐 쓸데없이 너무 감상적인 사람이야, 원래 우울증이 있었을 거라고 생각했어.

그런데 꼬마가 그곳으로 가고 나서 엄마는 뉴스 기사에서 나온 그 사람을 이해했단다. 하지만 엄마가 따라가면 꼬마의 낭만을 망칠 것 같아서 따라가진 않을 거니까 걱정 말고, 다시 얼굴 만지며 만날 때까지 즐기자. 조용한 호숫가에 아무도 없는 곳에 우리 둘이서 나무집을 짓는다는 노래 가사처럼.

2023년 11월 20일

집 짓는 엄마가

엄마,

역시 낭만 있어요. 그러니까요, 우린 잘 통한다니까요. 서로 손을 포개고 눈을 감으면 모든 게 멈추고 고요한 침묵이란 순간이 우리하고만 있어요. 그 노래 괜찮았죠? 저도 같이 따라 불렀어요. 엄마가 몇 번씩 들을 때. 근데 갑자기 집을 지어요? 노래 가사처럼요? 조용한 호숫가 좋아요.

오늘은 쇼팽에게 부탁해서 〈녹턴〉을 들었어요. 쇼팽은 손이 커요. 직접 듣는 연주에 흠뻑 빠져 음악과 하나가 되었더랬어요. 추억에 잠겨 엄마가 피아노 쳤던 시간 속으로 돌아가기도 했고요. 엄마는 가끔 쇼팽을 연주했고 전 멀리서 듣는 게 좋았어요. 너무 가까우면 제 귀가 커서 소리가 울렸거든요. 엄마의 마음이 쇼팽의 곡을 타고 온 세상에 울림을 만들 때 저는 그 진동을 따라 왠지 모든 걸 다 가진 기분이었어요. 아무 부족함 없이 사랑과 하나가 돼서요.

지금도 엄마와 저를 이어주고 있는 사랑이요. 사랑 안엔 모두가 늘 함께 있어요. 눈에 보여도 안 보여도. 손에 만져져도 안 만져져도.

아까 공원에서 엄마가 산책할 때 잠깐 옆에서 걸었는데 들으셨어요? 제가 가장 사랑했던 곳 중 하나예요. 도심 속에 숨어 있는 영원으로 가는 통로처럼. 거기서 걷고 있으면 자연만 보였어요. 흙으로 된 길도 좋았고, 풀냄새, 새소리.

엄마, 우리가 영원한 존재이긴 하지만 몸을 입고 사는 시간에는 끝이 있어요. 그리고 마지막은 사랑이에요. 삶의 끝에 사랑이 한껏 두 팔을 벌려 우리를 기다리고 있다 와락 끌어안아줘요. 그래서 죽음은 모든 것이 사랑으로 흡수되어 무한으로 이어지도록 하는 다리인지도요.

꼬마

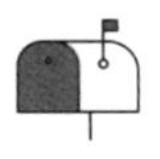

작은 일상 속에 너는 그대로 남아 있어

꼬마야, 엄마는 오늘 꼬마가 보고 싶어서 눈에서 줄곧 눈물이 흐르는 날이야. 오늘 수년 전에 나온 미국 영화를 봤어. 토끼랑 같이 보는데 토끼는 곧 엄마 다리를 베개삼아 곯아떨어지더라. 내용이 아무래도 좀 어려웠나 봐. 우주에서 일하던 여자 주인공이 집으로 다시 가는데 우주선 파편들이 하나씩 불덩이들로 마구 쏟아져. 아름답지만 뭐가 기다리고 있을지 결론은 아직 안 보이고. 알 수 없는 두려움. 집에 가는 건데 뭔가 알 수 없는 장면. 우리가 죽을 때도 그렇겠지. 우리가 죽는 것도 집으로 가는 거야, 뭔가 알 수 없지만 우리 앞에 아름다운 길이 나타나겠지.

누가 죽으면 '돌아가셨다'라고도 하잖아? 우리가 이 세상에 잠시 있지만 결국 왔던 곳으로 돌아가는 건가 봐. 왔던 곳으로 돌아가려고 이렇게 지금 살고 있고. 영화를 보고 나서 많은 생각을 했어. 사는 동안 그 어떤 것에도 집착하지 않아도 괜찮겠다. 아니, 집착하지 않으면 더 쉽게 지낼 수도 있겠다. 사는 건 뭘까? 뭘 위해서 우리는 이 땅에서 이런 시간을 사는 걸까? 꼬마는 혹시 본 영화인지 궁금하네.

꼬마야, 사실은 오늘 아침에 공원 가는 길, 그리고 공원에서 노래가 들렸는데… 이번에는 우리 꼬마가 부른 것 같았어. “별빛이 내린 밤. 따듯하게 만드는 네 눈빛. 꿈보다 더 아름다운 서로의 품에서 너와 작은 일상을 함께하는 게 내 가장 큰 기쁨인 걸 넌 알까.”

우리 꼬마의 별빛처럼 반짝이고 몽환적인 그리고 아주 큰, 그 알사탕 같은 눈, 특유의 무심하고 새침한, 그러나 다 알고 있는 듯한 얼굴이 노래와 함께 엄마 얼굴 위로 주르륵 내려오더라.

2023년 11월 20일

별빛 같은 꼬마가 심하게 보고 싶은 엄마가

그 영화요? 〈그래비티〉? 놓을 때가 있고 붙들어야 할 때가 있는, 나를 잡아줄 중력이 없는 공간을 떠다니며 내면의 소리에만 의지해 매 순간 결정해야 하는, 그렇게 집으로 돌아가는. 결국은 집으로 돌아가고 마는. 그래서 그 길은 아름다워요. 보이지 않아도 이미 아름다워요. 제가 여기로 온 길도 돌아보면 참 아름다웠어요. 엄마가 있어서. 가끔 다시 걸어보곤 해요. 그토록 빛이 나서요. 보이세요?

글쎄요. 집착하지 않는다는 건 정말 뭘까요. 그냥 아낌없이 사랑한다는 뜻? 그러면 우리 모두가 사랑인 걸 더 알게 되지 않을까요. 사랑 안에선 잃는 것도 얻는 것도 없으니 집착도 두려움도 사라지지 않을까요.

엄마, '오늘도 빛나는 너에게'처럼 오늘은 별빛으로 찾아갈게요. 푸른 바람으로 불어 갈게요. 작은 일상 하나하나에 그대로 있을게요. 자는 동안 엄마의 꿈이 제 품이 되도록. 사랑으로 모든 게 덮이도록.

철학하는 꼬마

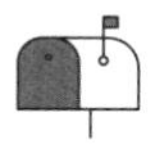

마음이라는 집에서 만나요

철학하는 꼬마야, 엄마가 집으로 가는 길에는 우리 꼬마가 마중을 나오겠지? 길을 잔뜩 달콤한 페이스트리 또는 생크림으로 꾸며도 좋겠어. 먹을 게 아니라면 엄마가 좋아하는 상탈향이나 우디 계열의 인센스 스틱이 몇 개 길가에 은은하게 피워져 있어도 좋고. 어제 본 드라마에서도 아빠가 무지개다리를 건너자마자 강아지가 아빠를 기다렸다가 데리고 가더라. 그때 엄마는 꼬마랑 아름다운 길을 같이 걷든, 멋진 세단을 타고 가든 다 좋아할 거야.

오늘 새벽엔 꼬마의 커다란 귀를 생각했어. 귀가 커서 소리에 민감했을까. 엄마나 다른 가족들이 너를 안고 이야기하면 우리 꼬마는 곧 '저 내려주세요. 귀가 좀 불편해서' 하곤 했는데, 너를 얼른 내려주지 않으면 우리 꼬마는 조금 조금씩 울기 시작했지. 그러다가 안 되겠다 싶으면 약간 돼지들이 킁킁 하는 듯한 콧소리도 내고 너무 귀엽고 사랑스럽지만 웃음이 크게 터질 수밖에 없는 소리!

엄마가 꼬마랑 토끼랑 셋이 있을 때 피아노를 치면 꼬마가 멀리서 응큼하게 다 듣고 있었단 말도 자꾸 생각나서 혼자 웃었단다. 엄마가 잠깐 바이올린 개인 수업을 집에서 한 적도 있지? 연습할 때 바이올린 소리가 나면 꼬마는 당장 방에서 나가고. 일단 선생님이 오시면 '아, 하세요. 저는 개인 공간이 필요한 남자라서요.' 하고 무심하게 나가버리곤 했어. 그런 꼬마의 커다란 귀에 엄마가 같이 '귀, 귀!' 했던 거 기억나? 엄마 귀를 꼬마 귀에 대고 있으면 사방이 조용하지. 조용한 바닷가야. 우리 둘이 조용한 저녁 바다에 눈을 감고 누워. 일광욕을 하며 느끼는 따듯하고 부드러운 모래알들, 부드러운 바람, 스르륵 잠들고 싶은데 옆에서 짭짭거리는 토끼 소리.

꼬마가 떠나고 나서 엄마는 토끼 귀에 '귀, 귀!'를 더 자주 하는 것도 같아. 물론 꼬마랑 할 때랑 네 동생이랑 할 때랑 다 달라. 냄새도 느낌도 엄마 마음에 남는 그림들도….

2023년 11월 21일

엉뚱하게도 꼬마가 트렌치코트를 깃 세워 입고

낙엽 속을 걷는 모습을 떠올리며, 엄마가

엄마,

지금도 이미 집이에요. 마음으로 오세요. 집이에요. 그리고 매 순간 집으로 가까워지고 있어요. 보이지 않아도 집으로 가는 길이라는 걸 기억하면 다 아름다워요. 근데 정말 그 길을 어떻게 꾸미면 좋을까요. 고민이 되네요. 일단 길 자체는 사랑이니까 부족함이 없긴 한데. 아무래도 간식? 엄마가 좋아하는 달달구리? 꽃은 엄마 관심 밖이라 생략. 아무튼 머리를 굴려봐야겠어요. 제 큰 눈을 굴리든가.

그러니까요. 제 귀는 크고 아주 민감했다고요. 소리를 너무 가까이서 들으면 정신이 오락가락. 가족들은 알면서도 놀리곤 했죠. 그래도 도란도란 가족들 말소리를 등 뒤로 멀리서 듣고 있으면 행복했어요. 사랑이 들려왔거든요. 혼자 히죽히죽 속으로 웃기도 하고. 제 칭찬이라도 하면 귀를 화알짝 열기도 하면서. 솔직히 엄마 바이올린은 아직

서툴렀잖아요. 피아노 소리와 다르게요. 그래서 엄마 바이올린 연주는 패쓰.

엄마가 귀를 제 귀에 맞대면 저도 저녁 바닷가였어요. 온 세상이 파도 소리에 잠겨 사라지고 뭔가 고요했어요. 엄마와 저 단둘만 남으면 바닷바람이 제 단발머리를 쓸어주기도 하고. 그러면 사랑에 흠뻑 젖어 잠이 들기도 했어요. 마치 꿈속에서 또 꿈을 꾸듯. 근데 엄마는 토끼 녀석이 짭짭 시끄럽게 해서 못 잤어요?

오늘도 사랑으로 찾아갈게요. 마음이라는 집으로 오세요. 우리 또 귀를 맞대고 낮잠 자요. 저녁 바닷가에서 바람 쐐요.

꼬마

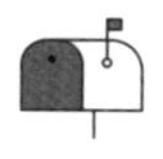

너에게 해주고 싶은 게 이렇게 많은데

사랑하는 아들 꼬마야, 엄마는 우리 꼬마가 보낸 편지를 읽는 시간이 매우 소중하고 위로를 받는, 우리 꼬마의 사랑을 많이 느끼는 시간이야. 하루를 시작할 때, 또는 점심시간에 우리 아들이 답장했을까, 뭐라고 했을까 하면서 편지함을 보고 편지가 온 것을 확인할 때엔 상을 받는 사람처럼 설레고 들떠. 편지가 온 걸 보면 '다행이다. 집에 가서 읽어야지' 하고서는 하루를 지내는 동안 그 시간을 틈틈이 기대한단다.

꼬마야, 오늘은 이모랑 꼬마가 얼마나 엉뚱하고 용감했는지, 얼마나 소신 있게 산책을 했는지에 대해 이야기했어. 동네 산책을 할 때면 우리 꼬마는 길 한가운데로 걷는 것을 좋아했지? 특히 어디선가 차 오는 소리가 들리면 기다렸다는 듯이 차를 마주 보고 멈추기도 하고. 멈춰서서 '어? 깜빡이 안 켜셨는데요?' 하고 빤히 운전하는 사람을 쳐다보기도 했단다.

꼬마야, 너는 낮잠 잘 때 가끔 동생 엉덩이나 뒷덜미에 네 얼굴을 올려놓고 자곤 했어. 그때 기분이 어땠는지 가끔 궁금하더라. 동생이 형 같기도 하고 의지되는 느낌? 아니면 뭔가 따듯하고 부드러운 베개 같았어? 혹시 동생도 엄마나 다른 가족들이 안 볼 때 네 엉덩이나 뒷덜미에 얼굴을 올리고 자곤 했을까?

꼬마야, 엄마는 꼬마랑 온수풀 수영장에 못 가본 게 가끔 아쉬워. 동생이랑 둘이 그리고 엄마랑 이모랑 잠깐이라도 놀아보고 싶었는데 기회가 안 됐네. 다음에 만나면 우리 수영장도 같이 가자!

2023년 11월 21일

꼬마랑 수영장 가고 싶은 엄마가

엄마,

저도 그래요. 엄마가 저한테 편지를 쓰고 있는 모습을 옆에서 지켜보다가 그 편지가 언제 오나 기다리게 되고, 받고 나면 두근두근하는 마음으로 열어 읽고 또 읽고. 편지 내용을 머릿속으로 그려보기도 하고 상상의 나래를 펼쳤다 접었다 눈물이 날 때도 있고 웃음이 빵하고 터지기도 하고. 그럼 한 번 더 우리가 사랑이구나 생각해요. 또 고마워지면서 뭔가 저를 감싸안아줘요.

이모랑 제 얘기 자주 하시네요. 거기 저도 있었는데. 귀가 즐거웠어요. 엄마와 이모가 제 얘기를 할 때면 전 늘 거기 있어요. 사랑 안에 사랑으로. 산책은 지금도 좋아해요. 물론 길 한복판으로 걷죠. 왜 차들은 길 한가운데로 다니면서 저는 그러면 안 돼요? 꼬마는 용감해요. 소신이 있어서 그대로 해요.

요즘은 밤에도 걸으러 나가요. 별빛 아래로 때로는 달빛을 쐬며. 엄마는 가끔 달빛에 잠이 깨곤 했었잖아요. 환하게 우리 방 안을 찾아오곤 했던 달님은 아직도 그러죠? 차가운 듯하면서도 곤히 자는 우리를 부드럽게 어루만져주었는데. 그럼 왠지 피로가 씻기는 것도 같고 기운이 나는 것도 같았어요. 지금은 달님과 친구가 됐어요. 그래서 달빛을 타고 엄마와 토끼 녀석한테 가곤 해요. 오늘밤 달은 아마도 엄마가 자기 전에 질 거예요. 그러니 보름달 때 봐요, 우리. 지난달처럼. 해가 지면 동쪽에서 떠서 한밤중 하늘 높이 오르는 보름달이 뜨면요.

토끼 녀석 의지가 됐죠. 털이 부드럽고 몸은 단단하고 목소리 큰 토끼. 옆에 있으면 마음이 따뜻했어요. 토끼도 저를 의지했고. 싸우던 날들은 지나고. 그리고 제가 토끼를 베고 잔 게 아니라 토끼를 안아준 거라고요.

그럼 온수풀에서 만나요, 엄마. 사랑으로 찰랑이는 온수풀에서 같이 눈을 감고 동동 떠다녀봐요. 꿈으로 또 찾아갈게요. 아시죠? 아침에 깼을 때 기억이 안 나더라도 제가 엄마 꿈에 있었어요.

늘 용감한 꼬마

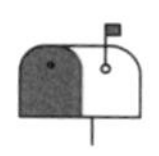

눈이 오면 만끽해야 한다

꼬마야, 토끼랑 서로 의지하고 사랑하는 사이였지. 우리 아들이 동생을 안아준 거구나. 엄마는 지금 처음 알았어. 기특하기도 하고. 토끼도 그렇게 생각하는 것 맞지? 여기는 오늘 거의 반달이야. 아직 2주는 있어야지 달이 차오르겠지. 그런데 달님도 동쪽에서 오시니? 햇님처럼?

엄마는 최근 며칠 동안 꼬마가 더 진하게 엄마 마음에 반짝반짝 새겨지는 것 같아. 꼬마 색깔, 꼬마 냄새 그리고 꼬마의 맑은 목소리까지. 비가 오면 꼬마는 비 오는 날 산책한 적이 없는데, 요즘은 어떤지 궁금하고. 꼬마는 비가 그치고 난 후에도 땅이 마르지 않으면 산책 가는 걸 거부했었단다. 한 발자국 나가보고는 '엄마, 땅이 뽀송뽀송해야 걷는 맛이 나죠, 이게 뭐예요' 하면서 뒷걸음쳐서 집으로 들어오곤 했어.

2년 전 12월에 찍은 사진을 우연히 봤는데, 엄마가 너를 안고 눈을 맞으면서 바로 집 앞 골목에 서 있고 꼬마는 그 하얗고 보슬보슬한 눈을 맛보려는 것처럼 보였어. 사진 속에 우리는 전혀 하나도 추워 보이지 않더라. 신기하지? 오늘은 엄마가 우리 아들한테 날씨 이야기를 많이 했네? 우리가 처음 이 세상에서 만난 날은 봄이 시작되는 듯한 비가 추적추적 내렸고, 우리도 그렇게 봄이 시작되듯 가족으로 시작됐는데.

꼬마야, 엄마는 꼬마가 더 편하게, 더 편하게 숨을 쉬도록 더 일찍 우리 방에 조치를 취했어야 하는 건 아닌지 하고 반성 비슷한 생각도 가끔 해. 꼬마랑 이곳에서 더 놀고 싶은 마음에 그런 생각을 하겠지. 그리고 엄마는 꼬마가 많이 보고 싶다. 오늘도 엄마가 자면 엄마랑 토끼한테 다녀갈 거지?

2023년 11월 21일

엄마가

엄마,

상현달이라고 하는 거예요. 오른쪽이 볼록한 반달이요. 그러고 나면 일주일 후 보름달이 떠요. 달은 모양에 따라 뜨는 시간이 다른데 늘 동쪽이긴 하죠. 아, 달님 만났어요?

지금은 비가 싫지 않아요. 빗줄기 하나하나를 타고 엄마한테 갈 수 있어서인지 이젠 비가 오면 우산 없이도 잘 나가요. 빗소리도 왠지 다정하고. 때때로 주체하지 못해 쏟아내는 사랑 같기도 하고. 그렇게 대지에 살아 있다는 기적을 만들어내고. 우리 모두가 그래서 숨을 쉬고 있어요. 고맙게도. 그러고 보니 엄마를 처음 만난 날도 비가 왔었네요. 봄비. 낭만적인데요? 추적추적 내렸다고는 하지만. 겨울 끝자락에서 사랑이 싹트려고 우린 봄비 내리는 날 운명처럼?

눈 오던 그날! 하나도 안 추웠어요. 엄마한테 안겨 있어서 그랬는지 그날은 눈이 신기하기만 했어요. 갑자기 눈이 기다려지네요. 눈사람도 만들고 막 뒹굴어보고 싶어요. 신나게. 아주 신나게. 눈송이마다 넘쳐나는 사랑에 잔뜩 물들도록. 눈 오면 엄마도 밖으로 나와서 같이 굴러요. 토끼 녀석도 함께요. 살아 있다는 걸 만끽하려요. 우리 모두 사랑으로 포옥 덮이게.

눈을 기다리는 꼬마

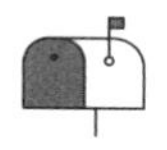

피크닉

달님 박사 꼬마야, 꼬마가 이렇게 어려운 걸 언제 다 배웠을까. '상현달' 정말 어색한 말이구나. 그렇지만 꼬마가 써서 그런지 소리가 예뻐. 달이 엄마 눈에는 동쪽에서 서쪽으로 옮겨 다닌 것 같았는데 항상 동쪽이라니. 꼬마는 엄마랑 홈스쿨링 했잖아? 놀이방은 가도 학원이나 유치원에 다닌 적도 없고. 그런데 일반 상식이나 과학 관련된 지식이 꽤 풍부한 것 같아서 신기하고 기특해.

엄마랑 동생이랑 꼬마랑 다 같이 눈사람 만든 적도 있는데, 사진을 지워버려서 지금 보내줄 수가 없네. 작은 눈사람을 만들고 우리 꼬마 닮았다면서 사진을 찍곤 했지.

어제 오후에 꼬마랑 잘 어울리는, 우리 가끔 가곤 했던 카페에 갔었어. 엄마 커피 마시는 걸 꼬마가 가끔 따라간 적 있는 카페, 알지? 꼬마가 커피 냄새 좋아했는데 지금 좋아해? 집에서 커피를 내리면 가까이 와서 냄새도 맡고 꼬리도 치고 기다리기도 하고. 그리고 단 한 번도 준 적이 없는 양꼬치, 또는 멕시칸 음식을 먹을 땐 네가 정말 좋아했단다. 엄마가 부리또 보울을 열고 한입 먹으면 '저도 주세요! 왁! 엄마, 저 그거 좋아한단 말이에요! 왁왁!' 했지.

이 세상 어느 하나도 우리 꼬마가 없는 것이 없어. 엄마랑 가끔 피크닉 했던 거 기억나지? 마당이나 현관 앞, 거실에서 동생이랑 셋이 문맥 없이 따듯하고 푸근한 피크닉! 아무도 방해하지 않는 고요함, 따듯한 햇살, 평화로운 멈춰진 시간 속에 우리 셋. 아무도 말하지 않고 그냥 서로에게 있어준 영원한 순간.

2023년 11월 22일

꼬마야, 우리 또 피크닉 가자. 사랑해!

엄마,

지식은요, 뭘. 여기 와서 밤하늘을 보면서 깨닫기도 하고 우주를 공부하셨던 분들한테 새로 배우기도 했죠. 그러면서 감각의 세상도 이미 무한한 사랑과 하나여서 경이로움투성이구나 알았어요. 숨을 쉬는 순간순간이 기적이라는 것도요. 작은 눈사람들 기억해요. 새침한 표정이 절 닮았다고 했던.

그럼요, 커피 냄새는 늘 좋죠. 겉으론 씁쓸한데 잘 음미해보면 층층이 여러 가지 향이 겹쳐 있거든요. 원두가 갈리는 소리도 반가웠고 끓었다 적당히 식은 뜨거운 물이 커피에 닿을 때 생겨나던 기포도 신기했고. 커피를 내리는 게 하루를 시작하는 의식처럼 보이기도 했고. 근데 엄마 아시죠. 제가 또 인스턴트커피는 별로라 했잖아요. 양꼬치도 멕시칸 음식도 향신료 냄새였던 것 같아요. 왠지 저를 설레게 했던 게. 다시 냄새 얘기를 하고 있네요. 사랑의 냄새는 뭘까 생각해봤는데 때론 익숙하고 때론 처음인 냄새 아닐까요.

다음에 같이 갈 피크닉은 아마도 그렇겠네요. 익숙한 듯 처음일. 그쵸? 더 고요할 테고 더 따듯할 테고, 누구도 방해하지 않을 영원에서의 피크닉. 말없이 서로에게 있어줄 수 있어서 아무것도 부족하지 않을. 그리고 그 순간이 지금이에요, 엄마. 눈을 감고 마음으로 오세요. 여기서 우리 피크닉 해요.

꼬마

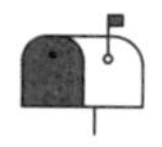

커피 한 잔에도 고스란히 네가 담겨 있어

꼬마야, 커피, 진한 에스프레소 또는 에디오피아, 자스민 차 같은 은은한 향이 나는 게이샤. 산미가 있고 과일 향이 은은히 풍기는 진한 커피가 어울리는 꼬마. 하하! 엄마는 갑자기 크게 웃어. 인스턴트커피를 타 먹을 때는 우리 꼬마가 쫓아오기는커녕 아예 쳐다보지도 않았었거든. 원두를 갈기 시작하면 옆에 와서 킁킁 기다리고 꼬리치던 모습이 생생하다. 그다음은 알지? '왁왁! 이 냄새 너무 좋아요!'

눈보다 코가 먼저인가 봐. 그럼, 코는 우리의 심장이랑도 같은가. 우리의 마음, 느낌이 항상 더 강력하고 먼저라고 하잖아. 사실 엄마도 냄새에 꽤 민감하거든. 어떤 장소나 사람을 만났을 때 이미지 자체라기보다는 먼저 엄마 콧속에 냄새가 들어올 때가 많아. 꼬마가 풍기는 따듯한 바다 냄새, 애기들이 쓰는 손수건 냄새, 파우더리한 네 머리털 냄새, 통통하고 따듯한 살짝 우유 냄새 같은 네 배 냄새!

오늘 점심 약속에 갔다 오는 길에 '아, 이건 꼬마가 해놓은 거다!' 하고 단번에 알아본 크리스마스 장식이 있었단다. 가게 한쪽이 통유리여서 잘 보였는데 방울 방울을 쪼로록 걸어놓았어. 색색의 반투명 방울들이 매달려 있는 모습이 꼬마더라. 꼬마 눈처럼 동그랗고 커서 그랬는지 엄마는 그 동그랗고 예쁜 공 같은 방울 하나하나에서 꼬마가 보이더라고. 꼬마가 통통하고 북슬북슬한 손으로 예쁘고 고운 색깔들만 엄선해서 조심스럽게 높낮이를 재가며 한 개 한 개 사랑을 담고 이야기를 담아서 달아놓은 것 같아.

엄마는 아직 이곳에서 피크닉 중이야. 꼬마도 종종 엄마 담요에 올라앉고 함께 즐기고 있겠지. 엄마도 동생도 우리 꼬마도 다 같은 담요에 누워 간지러운 오후 햇살을 받고 있어. 꼬마가 달아놓은 색색의 예쁜 크리스마스 방울들처럼 쪼로록. 엄마는 꼬마가 너무 보고 싶어. 오늘 밤 엄마 꿈에 와서 엄마랑 껴안고 뒹굴뒹굴하자. 동생까지 다 같이 껴안고 눈덩이처럼 구르다가 자다가 웃다가…. 사랑해!

2023년 11월 22일

엄마가

엄마,

오늘은 편지에서 커피 냄새가 났어요. 파나마 에스메랄다를 손으로 내린 것 같은? 뭔가 은은한. 시가라도 한 대 태워야 할 기분이네요. 정말 그러겠단 건 아니고. 엄마가 가끔 그랬죠? 쌉쌀한 향이 아무리 좋아도 담배는 안 된다고.

냄새라는 게 신기해요. 사람마다 다르고, 엄마 말처럼 우리가 서로에게 느끼는 느낌에 냄새가 있는지도요. 그래서 심장에 문제가 있으면 냄새를 잘 인지하지 못할 수도 있대요. 몸에서 심장이 모든 걸 먼저 받아들이잖아요. 심장은 늘 머리보다 빨라요. 그래서 엄마의 느낌은 항상 먼저 알고 정확하죠. 그리고 냄새에 대한 기억은 오래가요. 우린 서로에게 그렇게 남아요. 엄마와 토끼 녀석이 피크닉을 즐기는 그 담요 위에 제가 그렇게 있어요, 지금. 제 냄새 나죠? 사랑으로 남아 매번 더 짙어지는.

크리스마스 장식 보셨네요. 그럼요. 까다로운 제가 하나씩 손수 골라서 높이를 맞춰가며 얼마나 공을 들였게요. 얼마나 사랑을 들였게요. 꽤 괜찮았죠? 뿌듯해요. 뭔가 해냈다는 기분이 들어서. 꼬마 만세!

요즈음 엄마 편지는 느낌이 좀 달라요. 엄마 목소리, 엄마 냄새가 고스란히 배어 있어요. 그리고 제가 거기 배어 있어요. 사랑 안에서 다시 만나지는 느낌이랄까요. 몸으로 옆에 있진 않지만 사랑의 다른 모습 같달까요. 사랑한다는 말보다 더 커진 사랑이 제게로 흘러요. 엄마에게로 흘러요. 지금.

눈밭에서 같이 뒹굴뒹굴 크게 웃는 꿈을 꾸는,

꼬마

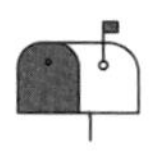

매일 아침, 새롭게 태어나는 거야

꼬마야, 꼬마가 산책길에 담배를 쳐다보고 있으면 엄마가 늘 그랬지. "꼬마야, 안 돼. 담배는 절대 안 돼." 그래서 꼬마의 약한 부분이 잘 유지되면서 지냈는지도 몰라.

시가! 우리 꼬마랑 항상 어울린다고 생각했는데. 시가 중에 헤밍웨이 이름을 본뜬 시가도 있어. 엄마는 가끔 헤밍웨이를 꼬마랑 같이 떠올리곤 했어. 문학, 간결한 문체이지만 사람을 끄는 말투, 하드보일드, 시가, 모히또, 영문학, 낭만, 인생…. 그리고 우리 꼬마처럼 얼굴에 수염이 북실북실하고 우리 꼬마만큼 잘생겼어. 이미 만나봤을지도 모르겠구나.

꼬마가 그 고운 공들을 하나하나 직접 고르고 색깔을 배열하며 달았을 생각을 하니 엄만 배가 좀 간지럽고 행복하고… 기특하기도 하고.

오늘 엄마는 바닷가에 가. 엄마랑 이모랑 가는데 우리

꼬마도 같이 갈래? 기차 2호 칸으로 오면 되는데. 엄마는 민트색 목도리를 하고 있을 거야. 꼬마랑 차가운 바다에 발도 담그고 소나무가 우리 꼬마 털처럼 빼곡한 길도 같이 걸어. 아침 일찍 일어나서 해가 또다시 올라오는 거를 보면서, 바다를 보면서 함께 새벽 수영도 하자.

엄마는 밤에 잘 때마다 생각해. 오늘도 하루가 끝나고 이렇게 죽는구나. 아침에 다시 태어나. 매일매일 죽고 또 다른 사람이 돼. 우린 매일 다른 사람이야. 우리 꼬마도 매일매일 다른 꼬마지? 매일 아침 태어날 때마다 우리 꼬마가 엄마 가슴에 박히고 또 박혀. 매일매일! 우린 다시 태어나도 함께야. 그치? 사랑해!

2023년 11월 23일

엄마가

엄마,

헤밍웨이 잘 알죠. 매일 얘기해요, 여기서. 저도 헤밍웨이가 왠지 저와 비슷하다고 느꼈는데. 잘생겼고 말은 없는데 한마디 한마디 마음에 와닿고, 늘 뭔가 생각에 빠져 있고. 헤밍웨이 시가는 도미니카공화국에서 나요. 한번 얻어서 맛만 볼게요. 시가는 괜찮죠? 헤밍웨이가 종종 그러는데 인생에 대해 쓰려면 먼저 살아봐야 한다고 해요. 그럼 저는 사랑에 대해 쓰려면 먼저 사랑해봐야 한다고 하죠. 근데 삶이 곧 사랑이네요.

엄마, 바다 가세요? 그럼 기차역에서 만나요. 헤밍웨이한테 시가 얻을 수 있으면 가져갈게요. 같이 맛만 봐요, 우리. 멀리 바다에서 해가 떠오르는 걸 보면서 담요 두르고 서로를 꼭 끌어안고서. 그리고 아마도 오돌오돌 떨며 춥다 하면서. 그러다 햇님이 얼굴 내밀면 감탄하면서. 새벽 수영은 패스. 전 그냥 모래에 누워 있을게요. 담요 덮고 남은 시가 뻑뻑 피우며. 수영은 엄마만. 대신 소나무 길은 같이 걸어요. 바닷바람 맞으며. 바닷바람에 실려오는 우리들의 기억을 맞으며.

오늘은 엄마가 철학자예요. 우린 잘 때마다 죽고 아침마다 다시 태어난다, 매일 다르다. 그걸 받아들이고 살면 어떨까 생각하게 돼요. 매 순간이 얼마나 새로운지를 알면, 그게 얼마나 더 사랑할 기회인지를 알면 삶은 축복이 될까요? 엄마와 제가 주고받는 편지도 매번 다르고 우린 자꾸 새로 만나요. 지금이라는 영원 속에서 또 만나고 또 만나요. 지금, 지금 이 순간처럼.

영원히,

꼬마

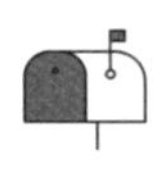

우린 그렇게 매일 이야기를 하지

영원한 사랑, 꼬마야. 기차를 타고 오는데 우리 꼬마가 먼저 와 있는 것 같던데, 어쩜 그렇게 빨리 왔을까? 호텔 로비에서 북실북실한 손을 흔들면서, 붉은 갈색빛 머리털을 휘날리면서 '엄마 얼른 와요. 여기예요, 여기!' 하고는 수영을 갔는지 산책을 갔는지 안 보이네.

꼬마야, 우리에겐 사실 문맥이 없어. 과거도 미래도 없고 현재도 그냥 한순간만 있을 뿐이야. 지금도 엄마 마음속에서 꼬마랑 함께 놀았던, 울고 웃었던 그리고 함께 귀를 대고 낮잠을 잔 순간순간들이 구름처럼 떠다니다가 하나가 되었다가 다시 흩어졌다가…. 꼬마한테 고맙고 또 고마워. 엄마한테 사랑으로 와주어서….

새벽 수영은 엄마 혼자 가야겠네? 꼬마야, 꼬마가 아기 때 가족들이랑 바닷가로 당일치기 놀러 간 적 있었어. 토끼까지 다 같이! 모래사장을 걷는데 바닷바람에 모래알들이 네 눈가에 눈곱이 되는데 우리 꼬마가 정말 싫어했어. 그래서 엄마랑 이모들이 꼬마를 그냥 안고 있었단다. 그때 우리가 같이 봤던 그 고운 모래알들, 그 수많은 모래알들도 한 알 한 알 다 다르고 각각의 스토리가 있겠지.

그때 엄마는 꼬마의 미래나, 10년쯤 뒤에 꼬마의 모습을 상상하거나 걱정하지 않았는데. 엄마가 무심한 것은 아니었는지, 우리 꼬마를 건강 면에서도 외모 면에서도 더 세심하게 챙겼어야 하는 건데 반성 비슷한 생각도 종종 해.

꼬마야, 엄마가 처음 엄마를 해봐서 좀 미흡하고 세심하지 못해서 꼬마가 혹시 서운한 게 있었다면 미안하고, 엄마가 다음에 만나면 더 잘할게. 많이 고맙고 사랑하고 또 사랑해! 내일 혹시 마음이 바뀌어서 새벽 수영에 함께하고 싶으면 엄마랑 아침 6시 30분에 수영장 앞에서 만나자!

2023년 11월 23일

사랑하는 엄마가

엄마,

이미 부족함 없이 사랑을 주고받았고 지금도 그러고 있고 그래서 우리가 영원 속에 있는데 반성은 무슨 반성이에요? 과거도 없고 미래도 없는 우리 존재가, 그래서 지금 이 순간에도 이렇게 반짝반짝 빛나고 있잖아요. 고맙다고 말할 때마다 더 반짝반짝. 보이세요? 때론 새벽 별처럼 때론 타오르는 햇님처럼. 고마워요, 엄마. 고맙고 또 고마워요. 보세요. 더 빛나죠? 고맙다는 말로. 반짝반짝.

바닷가 모래알들도 별들과 같아요. 엄마 말처럼 하나하나 스토리가 있겠죠. 모래사장에 가만히 앉아 있으면 그 얘기들을 들을 수 있으려나요. 두꺼운 담요를 챙겨야겠어요. 모닥불도 피울까요? 밤을 새워 파도 소리를 벗삼아 모래알들 얘기를 들으려면요. 그러다 스르륵 잠이 들어도 좋을 것 같아요.

내일 아침 일어날 수 있으면 수영장으로 갈게요. 바닷물이 아니니 그렇게 춥진 않겠네요. 호텔 수영장인 거죠? 장담은 못해요. 제가 아침잠이 많아서요. 아시잖아요.

고맙고 또 고마운 사랑,

꼬마

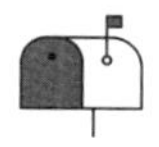

피아노 소리

반짝반짝 꼬마야, 오늘 아침 늦잠 좀 했니? 엄마는 또 새롭게 태어나서 해가 뜨는 걸 보면서 새벽 수영을 했어. 귀가 꽤 시렸지만 따듯한 물속에서 바다도 보고 햇님이 출근하는 것도 구경했단다. 우리 꼬마랑 불멍, 바닷가 데이트! 상상만으로도 너무 낭만적이고 즐거운데?

옛날 사진들을 보는데, 꼬마가 엄마 일하는 책상 옆으로 와서 빼꼼, 그러고는 책상 밑에서 정면으로 엄마를 올려다보면서 빼꼼. '엄마 뭐해요?' '엄마, 나 여기 있어요! 엄마가 날 혹시나 찾을까 봐요' 하네. 사진 속에 우리 꼬마는 정말 천진난만하게 그 반짝반짝 큰 눈을 둥그렇게 뜨고서 엄마를 구경하더라. '응, 꼬마야 우리 꼬마 거기 있지? 엄마 여기 있어.'

엄마는 지금 쇼팽의 피아노 콘체르토 1번을 듣고 있는데 쇼팽에게 전해줘. 이렇게 아름다운 음악을 우리에게 선물해줘서 감사하다고! 또르르르 음악이 여기저기 굴러다니다가 흐르고 폴싹 내려왔다가 또르르르 떼구르르르 굴러 올라가. 물결처럼 몰려왔다가 파도처럼 퍼지기도 하고. 우리 꼬마도 피아노 좀 치나? 바이올린보다는 피아노 앞에 큰 귀를 펄럭이면서 건반을 치는 모습이 더 어울리긴 하는데.

꼬마는 두 손을 항상 소중하게 관리했었지? 겉으론 무심한 듯 안 보는 척하면서 앉아서 가족들을 구경하거나 사색에 잠길 때, 또는 낮잠을 잘 때에 종종 그 통통한 두 손을 네 가슴에 포옥 넣고서 소중한 보물들을 숨기기라도 하듯. 꼬마야, 엄마는 이 순간도 따듯하고 북실북실한 우리 꼬마를 팔에 조심스럽게 안고 있어. 느껴지니? 쇼팽의 피아노 콘체르토에 음표들이 또르르륵 굴러다니듯 우리 꼬마도 엄마랑 껴안고 또르르르!

2023년 11월 24일

영원한 사랑, 엄마가

엄마,

그쵸? 상상 속에서도 만날 수 있어요. 불멍도 하고 바닷가에서. 시간 가는 줄 모르고. 그렇게. 하염없이. 그러다 잠이 들고. 햇님 출근 전에 서둘러 깨야 해요. 놀림받아요. 그러다 햇님이 나오면 또 새롭게 주어진 하루에 감사해야죠.

전 지금도 여기 있어요. 보이세요? 여전히 천진한 얼굴과 초롱초롱한 눈빛으로. 쇼팽 피아노 콘체르토 1번 저도 부탁해서 듣고 있어요. 사람들을 모아 오케스트라를 만들어서. 카라얀이 지휘해요. 엄청나죠? 엄마는 음악이 눈으로 보이세요? 물방울들이 움직이듯 파도가 됐다 흩어지듯 그렇게요. 그런 걸 보면 시각도 청각도 다 하나인 걸까요? 사랑의 파장이 만들어내는 감각적 경험도 그저 경이로울 뿐이네요. 그 파장을 타고 음악과 하나가 된 엄마의 움직임 안에 저도 안겨 돌아다니고 있어요. 또로록 또로로로로록.

피아노 한번 배워볼까 봐요. 그동안 두 손을 소중히 했으니 이제 시간이 된 걸지도요. 보물 같은 이 두 손으로 단발머리 휘날리며 열정적인 연주를. 그러면 피아노 선율로 찾아갈게요. 낭만적인데요? 쇼팽도 낭만주의자였고 피아노의 시인이었대요. 쇼팽도 영원해요.

꼬마

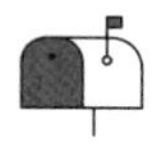

너와 주고받은 말들

잘생기고 예쁜 꼬마야, 꼬마가 그 통통하고 복실복실한 귀여운 손으로 피아노를 친다면 그 음악도 복실복실 따듯한 온기를 머금고 사랑스러울 거 같아. 그러고 보니 쇼팽이랑 우리 아들은 비슷한 점이 꽤 있는 것 같네? 낭만적이고 감성이 풍부한 느낌이랄까. 눈물도 웃음도 많은! 그리고 내가 본 쇼핑 사진은 죄다 머리가 단발에 구불구불 컬이 살짝 있는 게 우리 꼬마 헤어스타일이랑도 좀 비슷해.

오늘 엄마는 호텔에서 아주 작은 어린이를 보고, 너무 자연스럽게 '아, 우리 꼬마 같다' 했어. 그러고 한 번 더 힐끔 봤더니, 여자아이더라고. '앗 우리 꼬마가 딸이었던 적이 혹시 있었나?' 아주 통통하고 동글동글한 서너 살로 보이는 여자아이야.

두 손을 보물처럼 가슴에 품고서 두리번거리면서 구경하고 있을 때는 네가 그 큰 눈으로 모든 걸 다 보고 다 알고 있는 표정이었어. 가끔은 엄마를 걱정하는 듯한, 그리고 가족들 하나하나를 챙기는 눈빛이었지. 오늘 이모가 엄마 얼굴에 난 뾰루지를 보며 거의 꼬마만큼 큰 눈을 걱정으로 채운 채로 엄마를 쳐다보는데 우리 꼬마의 큰 눈이 생각나서 뭉클해지더라. 꼬마야, 다시 만날 때까지 엄마랑 계속 연락 틈틈이 하자! 보고 싶다!

2023년 11월 24일

낭만적인 아들을 그리워하는

엄마가

엄마,

그럼요, 전 지금도 제 큰 두 눈을 굴리며 모두를 챙기고 모두를 사랑해요. 고맙단 생각을 전하기도 하고. 보고 싶단 말을 보내기도 하고. 이모가 엄마를 걱정스럽게 바라보던 순간 그 눈빛에도 제가 있었다는 정도는 이제 아시죠? 근데 무슨 뾰루지요?

제가 아들이든 딸이든 무슨 상관이 있겠어요? 털이 복실하고 이렇게 잘생긴 낭만적인 강아지이든 작고 두 발로 걸으면서 엄마 손을 잡고 다니는 아이든, 엄마는 엄마고 저는 저예요. 어떤 모습이든 우리가 사랑으로 만났고 사랑으로 만나고 있고 고마움으로 매번 영원에 닿고 있어요. 집으로 돌아가는 길이 그렇게 보이고 그 집이 실은 지금 여기 있다는 걸 알게 돼요. 제 웃음 안에서 엄마 눈물 안에서. 우리 편지 안에서 마음 안에서.

아직 바닷가죠? 끝이 없어만 보이는 바다. 근데 오늘 밤 달님은 어떤 모습이에요? 며칠 있으면 보름인데. 별들도 많이 나왔어요? 뭔가 멋스럽게 밤바다 파도 소리에 실려… 아, 말이 더 이상 생각이 안 나요. 잠이 오려나 봐요. 따뜻한 엄마 사랑을 덮고 꿈나라로.

꿈꾸는 꼬마

산책길

우리 아들, 우리 딸, 꼬마야. 별들도 촘촘히 하나 가득 꽤 나와. 그런데 너무 추워서인지 다 나온 건 아닌 거 같아. 엄마는 어제 추운 바람을 오랫동안 맞아서인지 얼굴에 뾰루지가 나왔다가 다행히 오늘은 다 들어갔어.

꼬마도 집에 가는 길에 신나서 뛰어갔을까. 엄마는 종종 집에 오는 길에 발걸음이 빨라져. 혹시 알았니? 지하철역에서 내리면 헉헉거리면서 뛰는 듯, 걷는 듯 집중해서 집을 향해 왔었지. 집에 깜빡하고 무언가를 두고 온 것처럼 마음이 급해지기도 하고 문을 열 때는 안도감의 한숨이 나와. '집이다. 안전하다. 그리고 우리 꼬마, 토끼 모두 잘 있었지. 편하다. 쉬자' 하고 숨을 돌려.

우리 꼬마도 그랬어? '이젠 숨 쉬는 것도 편하다. 집에 돌아왔다. 다행이다. 쉬자. 맛있는 것도 많이 먹고 놀자' 하고 마음이 놓였을까. 강아지 놀이방으로 뛰어가듯 집에도 그렇게 뛰어 들어갔을까. 누가 마중을 나오셨을까. 꼬마 할아버지? 몽이 누나? 방울이? 혹시 금순이? 궁금하다. 처음으로 반겨준 건 누굴까? 집으로 돌아가는 길은 어땠을지 궁금해. 색색의 예쁜 꽃길에 쇼팽이 피아노곡을 연주했는지, 네가 좋아하던 무화과, 홍시 같은 과일이 가득했니? 엄마도 이 세상으로 나왔던 길, 그 집으로 돌아가는 길은 발걸음 가볍게 신나서 서둘러 움직일까.

꼬마의 찰랑찰랑 북실북실한 단발머리가 아른거리는 아침이란다. 지금 마시는 루이보스티의 색도 우리 꼬마 머리카락이야. 진하고 은은하지만 화려한 향이 배어나오는 갈색. 그 갈색에 숨어 있는 응큼하고 은은한 붉은 빛. 이 모든 색들은 깊어. 사색적이고.

2023년 11월 25일

자유롭고 평화로운 집을 만끽하고 있을 꼬마에게

엄마가

엄마,

집으로 돌아오는 길은 쉬웠어요. 엄마가 하루 끝에 저와 토끼 녀석이 있는 집으로 오는 발걸음도 그랬을까 생각해 보게 되네요. 제가 신나게 달음박질쳐 향하던 강아지 놀이방 가던 길도 생각나고. 들뜨기도 하고 뭔가 편안히 쉴 수 있을 것 같은 기대, 소소한 재미들이 끊이지 않으리라는 설렘, 모든 걸 덮고 있고 저를 감싸 안아줄 사랑. 집에 다다랐을 때의 안도감이란.

근데 집에 와보니 여기가 제 마음이었어요. 그래서 모두가 여기 함께 있어요. 엄마도 토끼 녀석도 이모도 강아지 놀이방 원장님도. 그래서 매 순간이 기쁨이에요. 물론 모두가 마중을 나와줬죠. 엄마가 올 때도 모두가 마중을 나갈 거예요. 제 지휘하에. 제가 한다고 이미 말해놨어요. 그러니 서둘지 말고 천천히요, 엄마.

아, 루이보스차 향 은은하죠. 제가 거기에도 있었거든요. 따뜻하게 위로처럼, 사랑으로. 그래서 제 생각이 나고 제 얼굴이 보였죠. 그쵸? 차 향에 배어 있는 사색. 그래서 따라가다 보면 어디론가 닿게 되는 마술. 엄마는 그 향을 따라 어디로 갔을까 궁금해지네요. 주말인데 엄마 마음속 어딘가에 있는 쉼, 아늑한 집에서 잠시 낮잠이라도? 그러고는 토끼 녀석과 산책이라도 다녀오세요. 그곳은 겨울이니 쨍한 찬 공기 속에서 제가 짠하고 나타날게요.

집에서,

꼬마

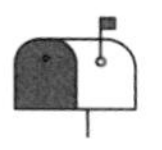

네 마음이 담긴 색깔, 터코이즈

우리 아들, 또 조금은 깜짝했지? 엄마가 하루에 편지를 두 개나 연속으로 보내다니! 집으로 가기 전 바닷가 앞에 앉으니까 우리 꼬마 생각이 너무 나서. 너 혹시 바다 좋아했니? 아니, 좋아하니?

꼬마 얼굴이 두둥실 물속에서 떠오르는데 터코이즈 빛이 도는 하늘색이야. 뭐냐구? 네 그 통통한 손발, 구불구불 낭만적인 단발머리, 불꽃무늬까지도 온통 청록색을 미세하게 몰래 섞은 터코이즈 빛 하늘색이야. 아, 혹시 북극 곰들처럼 요즘 우리 애기 털이 살짝 투명한가? 끝이 안 보이는 바다 끝과 만나는 창백한 하늘. 그 위로 반투명 느낌의 청록빛 또 하늘. 우리 애기가 그걸 몸에 가득 담아서 엄마한테 주는가도 싶고.

꼬마야, 엄마랑 같이 집으로 돌아갈 생각도 혹시 한 적 있어? 조금 더 엄마 머리카락에서 놀고, 동생 엉덩이를 몇 번 더 베고 또는 안아주고, 무화과도 좀 더 먹고 조금 더 이곳에서 놀다가 갈 마음이 있었다면, 아니 그랬다면 더 좋았을까. 엄마는 자꾸만 우리 꼬마를 이 세상에서, 지금 이곳에서 많이 보고 싶고 다시 만지고 싶은가 봐. 마음의 눈을 더 떠야 하는데.

우리 애기는 머리털이 어떤 색이어도 귀엽고 멋있어. 멋쟁이 낭만쟁이 문학 소년 꼬마는 항상 꼬마야. 사랑해!

2023년 11월 25일

바다를 담은 꼬마,

꼬마를 담은 바다를 보며 엄마가

엄마,

두 번째 편지를 좀 늦게 봤어요. 바닷가에 앉아 제 생각할 때 저도 옆에 있었어요. 말없이 그냥 같이 바다를 봤어요. 그러다 안 되겠다 싶어서 초록빛 나는 바닷물 색으로 엄마 앞에 스을쩍 떠올랐어요. 터코이즈. 색 이름이 왠지 마음에 들어요. 하늘과 닿아 있는 듯도 하고. 시작도 끝도 없는. 귀털 몇 가닥만 터코이즈로 물들여볼까요?

아뇨, 엄마. 전 아무런 후회 없이 실컷 재미있게 지내다 여기로 왔어요. 매 순간이 넘쳤고 고마웠어요. 지금도 언제든 엄마 머리카락에서 놀고 토끼 녀석도 안아주고 무화과도 홍시도 실컷 먹어요. 다만 엄마는 그걸 모르죠. 그래서 제가 보고 싶은 거예요. 엄마한텐 모든 게 달라졌으니까요.

참, 내일 밤 보름달이 떠요. 기억하시죠? 한밤중에 달님이 높이 뜨는 보름, 제가 달빛을 타고 미끄러져 찾아간다고 했잖아요. 꿈속에서, 아니면 잠결에라도 만나요. 시간이 되면 헤어디자이너한테 들렀다 갈게요.

바다에도 하늘에도 달빛에도 있는 꼬마

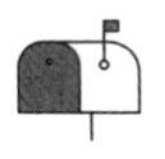

사랑에는 시간과 공간이 아무 상관 없어요

꼬마야, 엄마가 집에 갈 때 모두가 마중을 나온다는 말에 마음으로 울컥 눈물이 났고 꼬마가 엄마의 마중을 지휘한다는 말에 크게 웃었어. 그 모습이 너무 기특하고 귀여울 것 같아서. 집에 돌아가는 길이 쉬웠다니 다행이다. 한 번에 그냥 알고 신나서 갔나 보네. 모두의 환영을 받으며! 우리 꼬마가 길을 가며 당황하거나 아프진 않았을까 한 적도 있는데 정말 다행이다.

꼬마야, 엄마는 여름보다는 가을, 겨울이 좋아. 더우면 숨도 막히고 우리 방에서 에어컨을 너랑 내가 번갈아가면서 켰던 거 기억나지. 하루는 이모가 그러더라. "꼬마가 엄마 생각해서 찬바람 날 때 짐을 싸서… 한여름이었으면 엄마가 배웅하느라 너무 힘들어할 거니까 그랬나 봐"라고. 고마워. 처음 응급실 다녀와서 짐을 싸버렸으면 그건 더 힘들었을 거 같아.

혹시 꼬마가 우리가 안 보는 데서는 동생을 엄청 챙겼을까 하는 이야기도 요즘 나와. 츤데레 꼬마는 어른들 앞에서는 무심하게 동생을 상관 안 하는 척했지. 아, 동생 안아주다가 걸리기도 했지만. 우리가 안 볼 땐 토끼 손을 꼬옥 잡고 다녔다는 소문도 요즘 좀 들리더라고. 나중에 사실 확인 필요하겠지만 말이지.

꼬마야, 꼬마의 시간은 일직선이 아니고 원 모양이야? 전에 읽은 책에서 보니 늑대나 개들은 그렇다던데. 그럼 엄마의 모든 시간, 어느 시간에나 있을 수 있어? 엄마의 어릴 때 시간에도 혹시 있었니? 그렇다고 생각하면 좀 부끄럽기도 하고 희망을 주기도 하는데. 사랑은 시간과 공간을 초월하겠지. 마이클 잭슨이나 쇼팽은 아직도 엄청 사랑받잖아.

2023년 11월 26일

꼬마를 사랑하는 엄마가

엄마,

집으로 가는 길은 쉽고 편해요. 혹 걷는 동안은 울퉁불퉁하거나 구불구불하다 느껴져도 돌아보면 아름다웠다고 기억된대요. 모두들 그렇게 말해요. 지나간 순간들이 이해가 되고 일어났던 일들이 말이 되고 후회할 것도 용서할 것도 없이 그렇대요. 저도 그랬어요. 고맙고 또 고맙기만 했어요. 오후 햇살처럼 한없이 평온하기만 했어요. 게다가 다들 마중을 나와 저를 환영하고 꼭 끌어안아주니 얼마나 좋았게요. 그러고는 깔깔 웃었어요. 다 같이. 너무 잘 왔다면서. 저도 따라 웃었어요. 아시죠? 저 웃음 아끼잖아요. 근데 웃음이 자연스레 터져나왔어요.

그러니까요. 제가 다 알아서 한다니까요. 그래서 무더운 여름 아니고, 딱 우리가 좋아했던 그 공원 걷기에 가장 좋은 10월의 어느 날을 골라 제가 집으로 떠난 거예요. 잘했죠? 아, 토끼 녀석이요? 그럼요. 제가 늘 챙겼죠. 우린 형제라고요. 지금도 통화하는데. 무심한 척한 것뿐이지 무심한 건 아니었어요.

엄마, 제게 시간은 사실 더 이상 존재하지 않아요. 그래서 엄마가 경험하는 일직선으로 흐르는 시간 어디에도 있을 수 있어요. 지금도 여기 있고요. 사랑이라서 그래요. 사랑이어서. 끊임없이 커지고 있는 사랑.

늘 고맙기만 한 꼬마

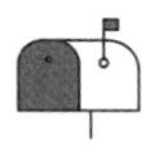

꼬마 동생, 토끼가 아파요

꼬마야, 꼬마가 웃었으면 정말 웃은 건데? 오늘은 꼬마가 떠난 지 49일째 되는 날이야. 토끼가 어제 하루 종일 그리고 오늘 새벽까지 배가 아팠어. 동물병원에 갔는데 수액 맞고 약 먹으면 곧 나을 거래. 오빠 없이 혼자 오빠랑 다니던 곳을 다니는 것이 토끼한테 그리움을 하나 가득 안겨준 거 같아. 겉으론 티가 잘 안 났지만 토끼에 대한 오빠의 따듯한 챙김, 사랑 그리고 관심이 꽤 컸나 보다.

동생이 아픈 걸 알았는지 꼬마가 오늘 새벽에 엄마랑 이모 방 사이에 서 있더라. 온몸은 북실북실하고 그 큰 두 귀를 뒤로 날리면서 눈에 힘을 꽉! 불꽃무늬에 힘을 꽉 준 채로 급하게 걷는 몸짓이지만 정지화면처럼 잠시 있다가 엄마가 다가가니까 피융 하고 사라져버렸어. 사실 엄마도 토끼도 어제 잠을 거의 못 자서 우리 꼬마가 괜찮냐고, 괜찮을 거라고 말해주려고 찾아왔나 싶어. 고마워, 우리 아들.

가끔 토끼가 부엌이나 거실에서 천장을 봐. 방에서 잘 놀다가 창밖을 한참 본 적도 있고. 혹시 꼬마랑 이야기하나 싶어서 엄마도 같은 방향을 쳐다보곤 해. 심지어 밥을 먹다가도 가끔 그러더라.

꼬마야, 엄마는 오늘도 꼬마가 이 세상이 아니고 그 세상에 있다는 게 사실 어색하고 받아들이기 어렵다. 꼬마가 알아서 잘했고, 잘하고 있는데도 엄마는 자꾸 꼬마 생각, 너에 대한 미안함, 고마움, 그리움 그리고 가끔은 염려까지 하고 있어. 그러고 보니 꼬마 가는 길을 같이 배웅해주신 의사 선생님 말씀처럼 너희들은 우리한테 아기로 와서 부모님이 되어 떠난다는 게 맞는다는 생각이 들어. 지금도 우리 꼬마는 엄마보다 성숙하고 알아서 잘하고 있고 더 멀리 보고 있으니까 말이야.

꼬마야, 오늘 새벽에 와줘서 고마웠어. 어떤 모습이어도 좋으니까 매일 오면 좋고, 우리 아들이 시간이 되는 만큼 자주 와주면 좋겠다. 사랑해!

2023년 11월 27일

꼬마의 북실북실한 모습이 그리운 엄마가

엄마,

그러니까요. 토끼 녀석이 걱정이 돼서 잠시 갔던 거예요. 겉으로는 씩씩한 척하는데 걔가 의외로 저를 의지했다니까요. 그래도 제가 오빠니까. 아니, 형인가? 괜찮을 거예요. 토끼. 지금도 옆에 있어요. 코 자는 것 같네요. 병원 다녀와서 편한가 봐요. 제가 토닥토닥하는 중이에요. 보이세요? 저 기특하죠?

근데요, 이 세상 저세상 구분이 있는 건 아니에요. 죽음과 삶의 경계는 사실 잘 들여다보면 없어요. 몸을 입고 사는 동안 우리의 생각이 만들어내는 허상과 같은 거죠. 그러니 저는 어디에나 있어요. 이 세상에도 저세상에도. 세상은 단 하나뿐이에요. 사랑으로만 꽉 채워져서 하나뿐이에요. 그리고 하나의 세상을 빈틈없이 채우고 있는 사랑은 우리에게 발견되기만을 기다리고 있어요. 엄마와 제가 함께했던 시간 안에서처럼. 그러니 잘 보세요. 그리고 지금 이 순간 안에서처럼. 다시 잘 보세요.

엄마는 무슨 걱정을 그렇게 하세요? 전 행복한 기억뿐이고 이렇게 행복한데. 사랑해서 행복해요. 사랑해요, 엄마!

어디에나 있는 시크한 꼬마

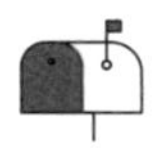

사랑은 영원에 닿는다

털복이 꼬마야, 기억나지? 엄마가 가끔 너를 '털복아!' 하고 부르곤 했던 거. 빼곡한 붉은 갈색빛 털이 너무 예쁘고 구불구불한 날에는 정말 웃음이 났거든. 멋부린다고 미용실 다녀온 남자 어린이 같아서. 물론 엄마가 '털복아, 우리 털복이, 털복아!' 하면 너는 좀 '칫, 뭐예요' 하는 것 같았지. 그런 우리 털복이가 북슬북슬한 손으로 동생을 토닥토닥했을 생각을 하니 엄마는 하루종일 웃음이 나.

꼬마가 언제부터인지 잘 안겨 있곤 했었는데 그전에는 안기려다가도 얇고 높은 목소리로 '아 부끄러워요. 왁왁!' 하고 종종 도망가곤 했었어. 꼬마에게 먼저 묻지 않고 놀래켜서 그랬는지, 네 배 밑에 손을 넣고, '안아줄까? 안아도 돼?' 하면 스르륵 못 이기는 체 안기더라.

어제는 토끼랑 거실에서 피크닉을 했어. 우리 잘 때 덮는 이불, 강아지랑 토끼랑 장난감 차 운전하는 그림 이불 알지? 그거랑 무릎담요랑 공룡담요를 가져가고 엄마는 아이스커피, 토끼한테는 미안하지만 토끼는 평소에 먹는 작은 간식 한 알. 둘이 누웠는데 꼬마랑 셋이 했던 피크닉이야. 사방이 조용하고 문맥 없이, 배경 없이, 몇 시인지, 어딘지도 없이 '우리'만 있더라. 꼬마도 토끼도 나도 그 순간 다 같이. 오늘도 그 느낌을 기억해보려 해. 모든 게 멈춰도 괜찮고 모든 게 멈춘 그 순간. 한없이 평화롭고 따스해.

엄마한테 사랑은 따스하고 조용하단다. 고요하고 조용한 평화 속에 스르륵 녹아버리는 긴장감, 천천히 따듯하게 올라오는 온기, 문맥 없는 충만함. 꼬마야, 꼬마는 엄마한테 사랑을 가르쳐준 고맙고 소중한 존재야. 엄마랑 같은 종족은 아니지만 어느 누구보다도 구체적이고 실감 나게, 마음 깊이 울림을 주는, 아주 찐한 사랑을 보여줬단다. 오늘도 사랑해!

2023년 11월 28일

꼬마한테 찐한 사랑을 배우고

그런 꼬마를 사랑하는 엄마가

엄마,

근데 털복이가 뭐예요, 털복이가? 털이 복슬하다는 뜻이에요? 귀엽긴 해도 좀 멋이 떨어지는 것 같아서. 제가 약간 곱슬기가 있거든요. 아시면서. 그래서 습도 높은 날은 저절로 굽실해졌다고요. 놀리시기예요? 전 제 털이 곱슬한 것도 마음에 들었어요. 이랬다저랬다 할 수 있어서요. 날씨에 따라 기분에 따라 달라지는 모습이랄까요. 음, 누가 안아주는 게 싫었다기보단 저도 기분이란 게 있다고요. 이것도 아시면서.

피크닉 좋죠. 엄마한텐 피크닉이 사랑이네요. 모든 게 멈추고 사라져 딱 우리만 남고 다 괜찮아지는 순간. 뭔가 따스하고 고요하고 꽉 찬 느낌. 그렇지 않은 나머지는 스르륵 흔적도 없이 녹아져버리는. 나른한 오후 햇살인 듯 어느 저녁 부드럽게 머리칼을 쓸어주는 바람인 듯. 그런데도 울림이 남아 떠나지 않고 커져만 가는. 지금도 그렇게 자라고 있는. 그래서 우리를 덮고 우리 삶을 물들이고 우리의 숨이 되어 살아가는 기적을 만드는. 엄마도 저도 딱 그런 사랑이에요. 토끼 녀석도. 이모도. 제가 만났던 모든 사람들이. 딱 그런 사랑이에요. 살아 있어서 무럭무럭 자라요. 사랑이.

엄마가 사랑을 배웠고 제가 사랑을 배웠고 이렇게 또 배우고 있어요. 다시 영원에 닿아요. 그래서 오늘도 사랑해요.

털복이 꼬마

우리 동네 친구들에게 안부를 전해요

꼬마야, 우리 꼬마가 이렇게 언어 감각이 뛰어나고 낭만적이라니 새삼스럽게 감탄하는 중이야. 원래 우리 아들이 자타가 공인하는 사색적인 문학 소년이긴 했지만.

오늘 마사지를 받다가 깜빡 졸았는데 아들이 운동회를 하는지 운동 종목을 고르더라. 씨름 모래판에 서 있다가 순간 사라지고, 야구장은 보이자마자 아들이 나타나기도 전에 사라지더니 꼬마가 엄마를 향해 막 돌진하더라고. 전력 질주를 하는데 달리기 트랙이야. 장애물 달리기인가 봐? 허들이 일정한 간격으로 세워져 있는 달리기 트랙에서 꼬마가 눈의 흰자가 보이도록 눈을 휘둥그레 뜨고서 커다란 두 귀를 뒤로 막 날리면서 정신없이 뛰어넘더라. 엄청 빠르더라고!

이모는 오늘 아침에 우리 꼬마가 집을 여기저기 걸어다니는 느낌이 들었다고 했어. 그러면서 엄마 말이 뭔지 알

것 같대. 꼬마 엄마 말이. 꼬마가 보고 싶어서 눈물이 주르륵 나다가도 꼬마가 '왁왁!' 했던 거, 단숨에 놀이방까지 달려갔던 거, 주사기로 약 먹일 때 엄마한테는 화났다고 이빨도 보이고 잇몸까지 보여주기도 했던 모습이 떠오르면 웃음이 나서 곤란하기도 해.

어제 길에서 헤니랑 꽃님과 마주쳐서 네 소식을 전했어. 눈물을 그렁이며 서로 위로하고 헤어졌단다. 사람들은 너희가 떠나고 나면 한동안 시도 때도 없이 울면서 슬퍼하고 너희를 몹시 그리워해. 잠을 못 이룰 정도야. 사진도 자주 보고 너희들이 입던 옷이나 수건, 인형 같은 물건을 간직하기도 하지. 그래도 우린 항상 같이 있어. 그렇지? 참, 장애물 달리기 허들! 엄마가 응원할게! 사랑해!

2023년 11월 29일

달리기는 꼬마보다 느린

엄마가

엄마,

갑자기 감탄은요. 저는 감성을 타고났어요. 감성 꼬마. 감성이 묻어 있는 사색. 몽환적인 눈빛 뒤로 뭉게뭉게 떠오르는 말들. 얼마나 말이 하고 싶었게요. 그러면서도 아끼고 싶은 게 말이에요.

저 달리기 잘하죠? 제가 달음박질하면 엄마가 쩔쩔맸던 기억이 소로록. '꼬마야, 천천히. 꼬마야, 제발.' 하셨는데. 엄마 지금도 달리기 느려요? 전 그렇게 달릴 때면 공중을 떠다니는 기분이었어요. 사자가 된 것 같은. 두 눈을 부릅뜨고 귀는 뒤로 날려야 해요. 그게 멋이기도 하고. 귀를 내리고 달리면 축 처져 보일 걸요, 아마?

아침에 잠시 집에 갔었죠. 가끔 제가 사랑했던 고마운 마음이 들었던 사람들을 찾아가요. 지금도 사랑한다고 알려주고 싶어서요. 꿈으로도 소리로도 기억으로도요. 이모 잘 지내죠?

헤니와 꽃님이도 만났어요. 잘들 있어요. 가끔 달리기도 같이 하고 주전부리도 나눠 먹어요. 헤니와 꽃님이네 엄마 많이 우셨다고 들었어요. 누군가 나를 그리워해 눈물을 흘려준다는 건 얼마나 고마운 일인지 몰라요. 뭔가 찡하고 잠시 멈춰 '아, 정말 보고 싶다' 하게도 되고. 여기선 다 보이지만 그래서 늘 같이 있지만 거기선 다를 테니까요. 오늘 밤은 웃음 터지는 기억들로만 찾아갈게요. 같이 웃어요. 아주 큰소리로.

달리기하는 꼬마

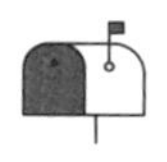

토닥토닥 위로가 필요한 날

감성 꼬마, 달리기 선수 꼬마야. 우리 꼬마가 쓴 답장을 보고 엄마는 또 웃고 울고 웃었어. 꼬마의 움직임, 북실한 털, 똘망한 눈빛, 까만 입술, 어슬렁어슬렁 집 여기저기를 걸어다녔던 모습이 다 섞이면서 네 편지 속 말투랑 너무 잘 어울리는 거야! 마치 꼬마가 소리내어 말하는 것 같고 그 말하는 목소리를 엄마는 원래 알고 있었던 것 같고. 엄마가 꼬마 앞에서도 너 대신 말하는 거 종종 흉내내곤 했었지? 그때 이미 네 목소리를 엄만 알았을 거야.

꼬마가 두 귀를 활짝 뒤로 젖히고 질주하는 모습이 하루종일 떠오르더라. 사자처럼! 엄마가 헉헉대며 네 목줄을 잡고 쫓아 뛰면서 '제발 좀 천천히, 천천히 꼬마야' 하다가 너를 안고 걸은 적도 있었는데.

꼬마가 사랑하는 사람들을 가끔 찾아가주는 건 너무 잘하는 일이야. 그때 사람들은 꼬마를 꿈에서 만나기도 하고 보거나 느끼기도 하고 또는 마음에서 떠올리기도 할 거야. 어느 것이든 너를 보며 고마움, 그리움과 사랑을 느낄 거고.

네가 떠나고 나서 한 가지 또 신기하고 기특한 것이 있는데, 우리 방 속에 엄마가 만들어준 토끼가 너랑 가끔 들어가 있던 공간 기억나지? 펜스인데 문도 열고 닫고 엄마가 열심히 조립해줬잖아. 그 안에 너희 방석들, 호돌이, 담요나 수건도 있고. 토끼가 가끔 그 안에 들어가. 그런데 자기 방석에만 있고 우리 아들이 쓰던 방석에는 안 올라가더라. 단 한 번도! 그 순간 마치 네가 거기 있는 것처럼. 이모 말대로 토끼가 오빠 생각을 해서, 오빠에 대한 예의를 차려서 그런 건지. 사실 엄마 생각엔 그 순간 우리 꼬마가 토끼 옆에 와 있는 것 같은데. 동생 한번 보러 오고 동생도 그걸 알고. 응큼한 형제들 같으니라구!

꼬마야, 지금도 엄만 눈을 감으면 우리 털복이의 구불구불한 뒤통수가 엄마 코를 간지럽혀. 눈을 감고 방에 있으면 네 온기가 아직도 피어오르고. 가끔은 문득 꼬마랑 있을 때 더 많이 표현할걸, 더 자주 더 많이 사랑한다고 말해주고 맛있는 것도 더 만들어줄걸, 더 자주 사랑한다고 말할걸 하는 생각이 들어. 하지만 꼬마야, 우린 사랑

속에 있었고 지금도 사랑 속에 있으니까 모든 게 완벽하겠지? 문득 드는 생각은 네가 너무 그리워서이겠지. 보고 싶다, 아들!

2023년 11월 29일

오늘 밤 꿈에서 또 아들을 만나고 싶은

꼬마 엄마가

엄마,

울고 웃고, 또 웃고 울고 저도 같이 눈물이 찍, 그러다 웃고, 히죽거리고 다시 뭉클. 그리고 그 순간 속에도 제가 거기 있었네요. 아시죠. 엄마가 마음으로 생각으로 하는 말들이, 떠올리는 기억들이 그냥 들리고 보여요. 굳이 다 설명하지 않아도 알고 느껴지고 그래서 매번 제가 엄마를 안아주는 거예요. 그러니 제 온기가 피어올랐죠. 사랑한다는 말이에요. 제 온기가. 그리고 소리가 들릴걸요. 제 목소리가. 엄마가 상상했던 그 목소리가. 슬쩍 무심한 척, 하지만 따뜻해서 울림이 오래가는. 꼬마 목소리, 털복이 소리.

아무래도 달리기는 제가 이겼네요. 다시 만나도 이길 거고. 아, 토끼 녀석이 제 자리를 지켜주는 것 같더라고요. 기특하게. 가끔 가서 앉아 있으면 옆에 오기도 하고 그래요. 토끼도 은근히 안 그런 척 저를 챙기죠? 거봐요. 우린 누가 뭐래도 형제였고 형제고 서로를 슬쩍슬쩍 그렇게 아껴요. 토끼 그 녀석도 달리기 좀 했는데.

엄마, 오늘은 너무 생각 속에만 있지 말고 느낌을 따라 하루를 지내보세요. 마음의 소리를 듣고 그저 들리는 대로 뭔가 해보세요. 산책을 가도 좋고 찬바람을 맞아도 괜찮고. 물론 옷은 따뜻하게 입고요. 눈에 들어오는 세상을 담담히 구석구석 보면서 뜻하지 않은 곳에서 사랑을 마주치면서 사랑 안에서 저를 알아보면서. 익숙한 동네를 채웠다 지나가는 매번 새로운 공기를 맡으면서. 다시 또 한 번 눈에 보이지는 않지만 모두를 덮고 있는 무한한 세상과 하나가 되면서. 빛나게. 아주 환하게. 그러다 미소가 번지고 웃음이 터질 뻔하게. 자유롭다고 느낄 때까지. 제가 늘 옆에, 마음 안에 있어서.

언제나 '여기' 있는

꼬마

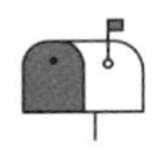

사랑이라는 날개

의젓한 꼬마야, 우리 꼬마가 원래 이렇게 생각이 깊었는지, 아님 깊어진 건지! 엄마는 요즘 자꾸 눈물이 나. 널 보내자마자 흐르던, 왼쪽 가슴에 구멍이 뻥 뚫린 눈물이랑은 좀 다른데 아무튼 그래. 사랑, 고마움, 또는 죽고 사는 것에 대한 느낌도 좀 달라진 것 같고.

꼬마 말대로 오늘은 엄마가 느낌을 따라가볼게. 엄마도 그렇고 사람들은 생각으로 많은 걸 해. 지난 일도 기억하고 미래도 계획하고 내일 일도 걱정하고. 그런데 기억이 다들 정확하지가 않은데도 열심히 과거를 여러 번 곱씹으면서 화도 내고 후회도 한단다. 생각이 너무 많아서 지치기도 하고 잠을 못 자는 경우도 많아. 꼬마가 보기에는 좀 우습지? 마음의 소리가 먼저라는데 아마 사람들은 너희만큼 마음의 소리에 충실하기가 좀 어렵나 봐. 너희들한테 오히려 한 수 배운다. 꼬마 선생님?

꼬마야, 엄마는 꼬마처럼 자유로워지고 싶어. 시간과 공간을 넘어서 어디에도 매이지 않고 자유롭게 사랑하는 꼬마 엄마가 되고 싶다. 이 세상의 모든 것 하나하나가 사랑인 것을 느끼고 사랑받는 것을 배우고 또 사랑을 주는 것을 배우는 것이 삶의 이유인 것 같아. 사랑은 두려워하지 않고 자유로워. 포근하고 북슬북슬하고! 그리고 물처럼 흘러가는 거야. 엄마는 꼬마와 토끼 덕분에 조금씩 그런 사랑을 더 배워가고 있어! 우리 꼬마가 어디에 있든지 뭘 하든지 자유롭게 사랑으로 가득하길.

2023년 11월 30일

우리 꼬마에게 사랑을 배우고

그런 꼬마 선생님을 사랑하는 엄마가

엄마,

맞아요. 전 원래 의젓했어요. 그러니 늘 알아서 했죠. 그런데 제가 선생님이에요? 왠지 으쓱해져요. 매번 얘기하지만 엄마도 저도 사랑이에요. 그래서 서로를 알아봤고 그렇게 만났어요. 그건 변하지 않아요. 지금도 이렇게 사랑을 주고받아요. 사랑이 자꾸 자라요. 우리 마음도 따라 자라요. 그러면 생각을 넘어 살아가게 돼요. 더 자연스럽게. 계산 없이, 두려움 없이 사랑이 이끄는 대로. 물 흐르듯 바람이 불듯. 마음의 소리에 귀 기울이며. 자유롭게.

자유로운 건 뭘까 생각해봐요. 스스로 흐른다는 뜻? 미끄러지듯? 그런데도 뭔가 조화로워서 뭘 굳이 억지로 애쓰지 않아도 될 것 같은 느낌. 자유로워요, 전. 걸릴 것 없이. 망설임도 없이. 무한해서 아끼지 않아도 돼요. 숨통이 탁 트여요. 살아 있어요. 기적과 같이. 물론 제가 몸을 입고 있단 건 아니고.

엄마, 아셨죠? 어쩌면 주르륵 흐르는 엄마 눈물처럼 오늘 하루는 부는 바람에 실려가듯 지내보는 거예요. 자연스럽게 자유롭게. 후회 없이, 주저 없이. 지금 이 순간이라는 영원 속에서. 사랑이 되어 하늘을 날아봐요. 저 털복이가 털을 휘날리며 그러고 있듯이. 우리 같이 바람을 타고 날아올라요. 눈을 감고 온몸의 힘을 빼고. 자, 준비되셨어요?

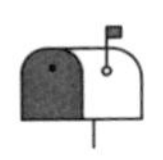

사랑은 판단 없이 서로를 알아가는 거예요

꼬마야, 오늘 엄마는 마음의 소리를 따라 붕어빵을 사먹었어. 머리로 계산하면 먹지 말아야지 하면서도. 팥이 없는 플레인 붕어빵을 먹는데 우리 꼬마 생각이 났지. 우리 아들은 뭔가 향이 풍부한 것을 좋아해서 플레인 취향은 아니겠다 하면서. 너희 특식으로 올리브오일에 애호박을 잘게 다져서 다글다글 하고 있으면 그 냄새에 너랑 동생이랑 앞에 바싹 다가와. 아직 익지도 않았는데 자신감 넘치는 큰소리로, '엄마! 왁왁. 얼른 주세요! 그냥 지금 먹을래요. 왁왁 !' 했던 우리 아들.

이렇게 추워지니까 우리 아들이 패딩 조끼 입던 거, 놀이방 원장님이 선물로 주신 빨간 니트 목도리 하던 거, 미국 이모가 선물로 사준 크리스마스 트리가 있는 네이비 스웨터 입고 좋아라 하던 모습이 떠오르더라. 네가 배 쪽에서 지퍼나 단추를 채워야 하는 옷을 싫어해서 엄마가 지퍼나 단추가 등에 있는 겨울옷을 꽤 열심히 찾았었어. 아예 목 앞쪽에서 찍찍이로 옷을 입는 양모로 된 케이프를 사서 겨울 산책 때 입히기도 하고! 정말 예뻤지. 겨울 나라의 왕자님 같았어! 뽀글한 크림색 케이프를 두른 네 모습은 정말 멋있었단다.

그런데 배에서 잠그는 옷을 안 입으려고 하는 우리 아들이 하나도 이상하지 않았어. 전혀 이상하지 않았고 그냥 그렇구나 하고 엄마 머릿속에 입력되더라. 우리 아들은 이런가 보다 하고 알게 된 거지. 아들, 사랑은 그런 건가 봐. 몰랐던 부분을 알아도 이상하지 않고 그렇구나 하고 입력하는 거. 서로 자연스럽게 물들어가는 것이 사랑인가 봐.

그리고 엄마는 우리 꼬마가 엄마를 닮은 모습을 보일 때마다 재밌고 웃기고, 사실 무엇보다도 기분이 참 좋았어. 역시 내 아들이구나, 우리 꼬마, 우리 아기! 나의 분신!

2023년 11월 30일

엄마의 분신, 꼬마를 사랑하는

엄마가

엄마,

엄마 편지 또 조금 달라졌어요. 더 잔잔하고 뭔가 부드럽고 절 안고 가만히 있는 느낌이 들어요. 그런데 갑자기 마음의 소리를 따라 붕어빵이에요? 좀처럼 웃지 않는 제가 아주 빵 터져서 주변 친구들이 무슨 일이냐고 물었네요. 친구들한테 편지 내용을 공개했더니 다들 배를 잡고 아주 쓰러졌어요. '야, 너희 엄마 역시 너무 웃기다!' 그러더니 이 녀석들이 '야, 너 애호박 좋아하냐?' 그러네요.

전 겨울이 싫지 않았어요. 처음 밟았던 눈은 차갑기만 했어도. 엄마도 겨울에 태어났고 저도 겨울에 태어났잖아요. 겨울은 우리에게 참 고마운 계절이에요. 살아 있다는 기적을 선물해준. 그쵸? 그래서 제가 겨울옷 입으면 그렇게 멋이 났을까요? 오늘은 모직 코트를 입고 나갈 거예요. 약간 오버핏으로. 상상해보세요. 괜찮죠? 그렇게 걸치고 어슬렁어슬렁 무심한 척 시크하게. 빨리 걸으면 모양새가 빠져요.

맞아요, 엄마. 제가 예민해서 배 쪽에 지퍼가 있으면 불편했어요. 근데 엄마가 저한테 '참아라, 다 그런 거다'라고 핀잔주지 않고 바로 등 쪽에서 잠그는 옷들을 찾기 시작했어요. 없으면 손수 만들거나 주문 제작이라도 할 것처럼. 전 그때 속으로 고맙고 흐뭇하면서도 '아, 엄마가 직접 안 만들어서 다행이다' 생각했어요. 엄마가 만들면 옷이 아니라 뭐 다른 게 될 수도 있는데 하면서.

그러니까 다르다고 판단하는 게 아니라 서로 그렇다고 알아가는 게 사랑이네요. 제가 엄마한테 한 수 배워요. 갑자기 사랑이라고 다가오는 모든 일들이 포근해요. 겨울 저녁 서둘러 들어가는 아늑한 집처럼. 사랑이 우리 집이에요. 사랑이.

엄마 분신,

꼬마

눈길이 닿는 곳마다 제가 보이는 건
실은 제가 엄마 마음에 있기 때문이에요.
마음이 무한한 곳이고 영원으로 이어지는 통로고
마음에 있는 건 어디로 가지 않아요.
그래서 우린 각자 마음에 품고 사는 것들을
경험하며 살아요. 매일매일을 순간순간을.
잠깐 눈 좀 감아보세요.
그리고 제가 얼마나 신나게 달려
엄마 품으로 와락 뛰어드는지 보세요.
저예요, 꼬마. 저 여기 있어요, 엄마!

4장

사랑도 배우는 거라서

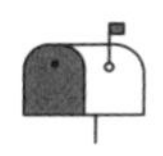

매일 너를 기억할게

꼬마야, 거기 날씨는 어때? 살짝 오버핏 모직 코트 입은 모습을 상상하며 네 답장을 읽고 또 읽고. 친구들 사이에서 꼬마 엄마 웃기다고 소문 났겠다?

네가 떠나고 나서 가족들이 모여 함께 널 보낼 때 장식했던 꽃들 어땠어? 우리 아들 생각이 궁금했는데 이제야 묻네? 새빨간 장미, 창백한 연핑크 장미, 빨간 카네이션, 코랄빛이 살짝 나는 핑크색 카네이션, 소국, 큰 국화 등으로 우리 꼬마 몸을 덮었었어. 꼬마 귀에 소국을 꽂아주기도 했지. 카네이션은 색깔에 따라 꽃말이 다르대. 빨간 카네이션은 당신의 사랑을 믿는다는, 신뢰이고 분홍 카네이션은 영원히 당신을 잊지 않겠다는 뜻이래. 엄마도 몇 년 전에 어디서 읽고 알았어. 우리 꼬마 머리카락, 몸털을 생각하면 뭔가 붉은 계열, 핑크 계열의 꽃으로 배웅해주고 싶더라. 꽃들이 꼬마와 너무 잘 어울려서 울면서도 사진을 많이 찍었어.

꼬마가 떠난 지 다음 주면 두 달인데 엄마는 네가 떠난 지 이틀 된 것 같아. 바로 눈앞에서 지하철 문이 닫힌 것처럼 또는 방금 방불을 끄고 누운 것처럼 순식간에 이런 일이 있었나 싶은, 아주 방금 전에 일어난 느낌이야. 어제는 동네 여기저기 다닐 때마다 네가 없다는 게 갑자기 어색하더라. 우리 꼬마 머리카락 좀 미용할 때 받아서 가지고 있을걸, 치과에서 뽑은 수많은 꼬마 이빨도 몇 개 받아왔어야 했는데 하는 생각도 종종 해. 엄마는 여기서 이런 겉모습에 들어가 있으니까 어떤 식으로든 보고 만지는 방식으로 꼬마를 느끼고 싶은가 봐.

꼬마야, 많이 보고 싶은데 오늘 밤에 엄마 잘 때 꿈속으로 와줄래? 모직코트 차림이든, 라틴댄스복이든, 반바지에 소매 없는 티를 입었든 또는 잠옷이든 뭐든 다 좋으니까 그냥 와. 편하게 빈손으로 아무 때나 엄마 꿈속으로 들어와서 우리 같이 귀대고 잠시 같이 눕자! 아님 너 좋아하는 엄마 팔베개를 하고 낮잠을 해도 좋아!

2023년 11월 30일

오늘도 꼬마를 사랑하는 엄마가

엄마,

에이, 엄마 웃긴 건 여기 있는 모두가 알걸요. 꽃 마음에 들었어요. 전부 다요. 왠지 저한테 어울리는 것 같았거든요. 꽃말들이 꽤 그럴듯하네요. 서로의 사랑을 믿고 영원히 잊지 않는다. 그리고 제가 핑크가 잘 어울리잖아요. 그쵸? 꽃미남이라 그런지.

벌써 시간이 두 달이나 지났어요? 여기선 어제도 내일도 없고 오늘뿐이라. 오늘 안에 엄마와 같이 있었던 날들도 그대로 있고. 제가 말로 설명해도 잘 모르시겠지만요. 그런 게 있어요, 아무튼. 엄마가 두 달 전 일을 방금 일어났다고 느끼는 것과 비슷하다고 해야 할까요. 어쨌거나 제가 안 보이는 세상은 또 다르겠네요. 그렇다고 제 털이나 이빨을 가지고 있는 건 좀 그래요. 감각의 세상은 사실 감각을 경험하기 위한 곳이니까 보고 만지는 게 중요하죠.

그건 또 그래요. 그러니 있는 동안 실컷 보고 냄새 맡고 바람도 쐬고 그러다 오세요. 감각을 통해 들어오는 온갖 다른 모양과 색깔의 사랑을 맛보다 오세요. 소리도 다르고 향도 제각각인 경험 속에서 사랑을 발견하는 재미가 쏠쏠하니까요.

엄마 꿈엔 늘 제가 있어요. 아침에 일어나 기억이 나지 않는 날에도 제가 꿈에 있었어요. 희미하게 잠이 깰 때 제가 보일 수도 있어요. 행복한 제 모습이 보이거든 같이 웃고 하루를 시작해요.

오늘도 엄마를 사랑하는 꼬마

꼬마의 이마는 뽀뽀 자리야

꼬마야, 어젯밤에 엄마랑 동생이랑 자는데 다녀갔지? 엄마가 자는데 뒤통수에서 토끼가 소리를 내며 자더라고. 그러다 갑자기 힝 하더니 '형…' 하더라. 잠결이라 눈은 잘 못 뜨고 '아, 우리 아들이 와서 동생 토닥토닥해주고 가는구나' 하고선 다시 잤어.

오늘 아침에 모닝커피를 하면서 이모랑 꼬마가 이전 집에 살 때 2층 계단은 안 올라다녔다면서 꼬마의 신중함에 대해 이야기했지. 꼬마 몸 길이도 사실 계단과 맞지는 않았단 이야기도 했고. 그 계단을 올라다니려면 몸을 거의 아치형으로 굽혀서 잘 조준해야 했을 텐데 계단이 많아서 위험하기도 하고 유연한 네 몸이 가능은 했겠지만 그래도 허리에 혹시나 무리 갈 수도 있어서 안 하길 잘했다 싶어. 우리 꼬마 정말 똑똑하지? 스스로 위험한 일은 안 했던 거야.

그때 우리 꼬마는 침대나 거실 소파에 한 번에 올라가서 앉아 있곤 했는데, 어쩜 그렇게 거리를 잘 재서 점프를 했을까 신기해. 물론 한두 번 실수하는 것을 목격한 적이 있지만 말이야. 그렇게 실수하면 다시 올라가려고 당장 시도하지 않고 우리 응큼한 꼬마는 딴청을 피우면서! 곤란한 얼굴을 드러내지 않고 그 자리를 피하곤 했단다. 엄마가 자꾸 우리 아들이 멋쩍어할 추억을 이야기하지? 미안. 엄마한테는 우리 꼬마의 모든 모습이 다 사랑이고 기특하고 웃을 거리라서. 네가 했던 모든 것들이 그리워.

혹시 엄마가 불교 신화 이야기한 적 있니? 부처님이 여행 다닐 때 시츄를 데리고 다니셨대. 다니시다가 강도를 만났는데 시츄가 큰 사자로 변신해서 강도를 쫓았어! 부처님이 그런 시츄의 용기에 고마워서 이마에 뽀뽀를 했는데 그게 하얀 불꽃무늬래. 신기하지? 이미 부처님한테 이야기 들었을 수도 있겠다. 엄마도 꼬마 이마에 뽀뽀 많이 했지? 네 불꽃무늬는 이래저래 뽀뽀로 생기고 뽀뽀를 많이 받는 뽀뽀 무늬구나. 우리 아들, 사랑해!

2023년 12월 1일

오늘도 꼬마의 불꽃무늬에 뽀뽀하는 엄마가

엄마,

그럼요. 전 매일 밤 다녀가요. 낮에도 틈틈이 토끼 잘 있나 보고 엄마는 뭐 하나 보고 다녀요. 토끼 녀석 귀엽죠? 저보다 작은 놈이 발발거리고 한시도 가만히 있질 않아요. 무심한 듯해도 제가 두 번째 입원했다 집에 왔을 때 뱅글 돌며 녀석 특유의 신나는 몸짓을 보여줬을 땐 얼마나 흐뭇했는지 몰라요. 그래서 저도 그렇게 돌아다니고 싶었던 거예요. 왠지 흥이 나서.

주택 좋았죠. 근데 계단은 별로였어요. 왠지 무리겠다 싶어서요. 그땐 한숨에 뛰어서 침대나 소파 위에 올라가는 게 재미있었는데. 몇 번 미끄러지고 나선…. 그걸 또 언제 보고 계셨대요? 엄마한텐 귀엽고 사랑스러운 모습이었을지 몰라도 전 좀. 멋에 살고 멋에 어슬렁거리는 제가 그랬다는 게.

맞아요. 부처님이 시츄가 사자라는 뜻이라고 했어요. 그래서 제 달리는 모습이 사자와 같다고. 그렇게 달리는 어느 찰나의 순간에 다시 사자가 되는 거라고. 엄마나 토끼가 못 보는 사이 전 몇 번이고 사자가 됐었는지도 모르죠. 불꽃무늬 사자. 나는야 시츄. 사랑으로 달려요. 불꽃무늬는 뽀뽀 자리네요. 사랑이 들어오는 자리, 사랑이 나가는 자리.

사랑스러운 꼬마

너와 나를 설레게 했던 눈이 왔어

사랑스러운 우리 사자, 꼬마야. 엄마는 꼬마의 까다롭고 좀 예민한 모습들이 너무 재밌고 귀엽기만 했어. 다른 애들한테 거의 관심을 안 보이는 것도 웃기고 사람들한테도 낯을 꽤 가리는 모습이 진짜 맹랑했지.

오늘 서랍 정리를 하는데 꼬마 바구니가 있더라. 마데카솔, 안약, 귀 청소약 등의 온갖 작은 약들, 몸에 좋은 냄새 나라고 뿌리는 보디스프레이, 좀 쓰다가 포기한 유기농 샴푸까지. 처음 갔던 병원에서 준 병원 수첩도 나왔어. 수첩을 펼치는 순간, 눈물이 마구 터져 나오더라.

네가 처음 병원에 갔을 때 1.31킬로였어. 태어난 지 두 달 조금 넘었을 때야. 병원에서 순종 판정도 받고 간단한 검사도 하고 주사도 하나 맞았나 봐. 의사 선생님 말씀이 꼬마가 다 좋은데 강아지 엄마와 조금 일찍 떨어진 건 아닌지 염려하셨었어. 꼬마가 그때 친척분 배 위에 올라가서 잠도 자고 그랬는데. 네가 얼마나 작고 뽀송하고 동시에 파시시한 털뭉치였는지 몰라. 그렇게 아기였을 때에도 네 뽀뽀 자리는 여전히 분명하게 하얀 불꽃을 뽐내고 있었단다.

우리 꼬마가 두 번째 입원했다가 집에 돌아왔을 때 토끼가 엄청 반겼지? 신나서 폴짝폴짝 뛰고, 뱅그르르 돌기도 하고 먹을 거 달라고 소리치면서 조를 때에도 토끼 목소리가 2.5배는 커졌었어. 토끼가 오빠를 좋아했나 보다 싶었지.

꼬마야, 여기서 살 때 혹시 외출이나 산책이 너무 적지는 않았어? 좀 우습지? 이제 와서 엄마가 아쉬워하고 네 눈치를 보다니. 사랑 자체로 부족함도 아쉬움도 없는 건데 지금 이 순간에도 우리 아들이 보고 싶어서인지 뭔가 많이 아쉽다? 내가 더 잘할걸, 더 잘할 수 있었는데 하는 생각도 들고 단순히 네가 내 옆에 내가 원하는 모습, 북슬북슬 털을 입고 엄마가 안을 수 있는 모습으로 없다는 게 제일 아쉬워. 엄마의 양쪽 귀는 그래서 물을 가득 담은 잔이야. 잔이 흘러넘치도록 눈에서 꼬마를 가득 담은 물이 주르륵주르륵.

2023년 12월 1일

엄마가

엄마,

근데 낯을 가리는 모습이 맹랑했어요? 그러게요. 제가 좀 작았죠? 아직 어려서 파시시한 털뭉치였지만 불꽃무늬에선 이미 불이 꽃이 되어 활활. 근데 얼마나 불이 타올랐으면 흰색일까요. 그죠? 순간 사랑이 흰색 빛이 나는 걸까 생각해봤네요. 우리 모두는 빛이고 빛에서 왔어요. 어두움 하나 없는 빛. 서로를 밝혀주는 빛.

엄마의 모든 기억 속에 제가 있다는 걸 알아요. 제 몸이 거기 없어서 어색하고, 그래서 자꾸 기억을 뒤지고 이랬을까 저랬을까 하시는 거잖아요. 근데 제 눈치 보세요? 참, 엄마도. 사랑했고 사랑하고 있는데. 더 잘할 것도 없고 더 해야 할 것도 없었고. 그래서 고맙고 또 고맙고 고마운 건데. 그냥 제가 복실한 털복이로 옆에 없어서 그러신 거죠. 그래도 주르륵 주르르륵 흐르는 엄마 눈물에 제가 있었어요. 가득가득. 빈틈없이. 그리움이 녹아 따뜻한 위로가 되도록. 토닥토닥. 제 통통했던 손이, 토닥토닥.

그곳은 우리가 사랑하는 계절, 겨울이 점점 깊어져요. 벌써 12월이라니. 눈이 더 내리겠죠. 제 불꽃무늬처럼 하얗고 새하얀 눈이. 우리 모두가 빛이라고 한 번 더 알려주려고 온 세상을 하얗게 덮겠죠. 지금은 눈이 좋아요. 왠지 설레요. 털모자를 쓰고 나가 왁왁 짖으며 사자처럼 달리고 싶어져요.

털복이 꼬마

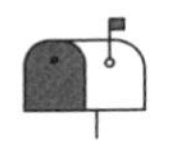

하얀색은 가장 높은 온도의 색이다

털복이 왕자님, 꼬마야. 꼬마 말대로 얼마나 사랑이 타올랐으면 흰색이, 아니 얼마나 불이 타올랐으면 흰색이었을까. 영어 지문에서 읽은 적이 있는데 온도가 제일 높이 올라가면 불이 하얀색이래. 신기하지? 그래서 멀리 있는 별에 직접 가진 못하니까 별 색깔을 가지고 온도나 다른 특성을 추측하고 연구한대. 과학의 세계는 항상 기적이야. 사랑처럼.

꼬마가 떠나고 나서 엄마는 이상한 생각도 하곤 했단다. 꼬마 동생이, 토끼가 있어서 다행인가? 내가 꼬마 하나만 외동아들로 잘 키웠으면 어땠을까? 지금 토끼가 우리랑 같이 있어서 살아갈 힘도 나고 위로도 되니까 토끼가 있는 게 감사한 일이겠지? 꼬마가 남고 토끼가 떠났으면 지금 뭐가 다를까? 둘이 다른 성격과 다른 에너지를 뿜어내니까 엄마는 똑같이 그리워하고 슬퍼했겠지만 뭔가 분위기는 또 달랐겠지. 우습지? 엄마는, 다른 사람들도 종종, 일어나지도 않은 일을 생각해보고 그래. 누구 말처럼 쓸데없이 자꾸. 이 순간에 집중하고 지금의 느낌과 마음의 소리에 귀를 기울여야 하는데.

엄마는 꼬마가 데리고 다니던 호돌이 인형을 아직 빨지도 않고, 네가 마지막에 놓고 간 그 자리에 그냥 놔두고 있어. 호돌이 얼굴에 묻은 네 침, 코딱지 또는 콧물 같은 것도 있는데 그래도 엄만 씻지 않은 네 호돌이한테서 우리 꼬마를 느끼기 때문에. 그러고 보니 엄마는 마음의 문이 아직 반밖에 안 열리나 봐.

눈이 꽤 왔던 1월에 엄마랑 꼬마랑 토끼랑 집에 있었던 날도 어렴풋이 생각나. 내가 너희 하나씩 안아서 창문 밖으로 눈 오는 걸 보여주기도 했지. 그다음 날 이모랑 다 같이 5분 산책도 하고! 너희랑 있으면 엄마는 고요하고 꽉 찬 느낌이었어. 그 눈 오던 저녁도 그랬고. 눈도 새 하얀색이니까 사랑인가 봐. 제일 높은 온도까지 올라간 불꽃처럼 모든 걸 다 녹여버릴 만큼 뜨거운 사랑!

2023년 12월 2일

꼬마를 사랑하는 엄마가

엄마,

별의 색깔을 보고 온도를 측정하고 수명이나 크기를 추측한다는 얘기 들었어요. 별들 참 신비롭죠. 일직선으로 흐르는 시간의 한계를 드러내는 것도 같고. 눈에 보이는 세계 너머에 뭔가 더 있다고 알려주는 것도 같고. 가끔 별들을 보고 있으면 하늘 아래에서 일어나는 모든 일들이 작아질 때가 있어요. 잠시나마. 그러면 전 어느새 별들 사이를 날고 있죠. 두둥실 떠다니듯. 애써 힘을 쓰지 않고서도요. 무한의 영역이라는 흐름을 따라.

그렇네요, 엄마. 이런저런 생각들이 머릿속을 가득 채웠다가 사라졌다, 어떤 생각들은 다시 와서 이렇게도 저렇게도 변했다가, 복잡할 것 같아요. 일어나지도 않은 일들, 일어날 수도 없는 일들을 상상하면서. 그러니 머릿속에서 잠깐 나와보세요. 엄마 말처럼 잠시 멈춰서 이 순간 마음이 뭐라고 하는지 들어보면 어떨까요. 아니면 마음 안에서 쉬어도 좋고. 머릿속에 오래 있다 보면 지치는 수가 있어요. 혼란스럽기도 하고.

저는 그냥 돌아보면 모든 게 완벽했어요. 겨울날 태어나서 비가 추적추적 내리는 아직 봄이 되지 않은 어느 오후에 엄마를 만나고 가족이 생기고 토끼 녀석이 오고. 하나도 빠짐없이 다, 고스란히 아무것도 바꾸고 싶지 않아요. 그대로가 제겐 사랑이었고 지금도 그렇게 사랑이에요. 후회도 없고 아쉬움도 없이. 뭔가 온전한 느낌이요. 그래서 다시 고마워지는.

오늘 밤 엄마의 꿈에서라도 눈이 오면 어떨까 하는 생각이 들어요. 꿈이라면 굳이 춥지 않고도 어쩌면 따뜻하게 눈에 포옥 싸이지 않을까. 새하얀 눈이 모두를 그렇게 꼬옥 안아주지 않을까. 그래서 사랑이었다고, 사랑이라고 느낄 수 있게. 그때도 지금도. 존재한다는 기적, 만남이라는 운명. 꿈에서 만나요.

꼬마

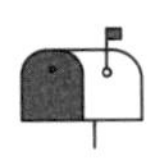

정말이지, 모든 게 그대로 좋았어요

꼬마야, 우리 아들은 말투나 단어 선택이 정말 맹랑하고 사랑스러워! 어떤 분이 그러더라. 꼬마가 떠나고 나니 인간들처럼 여운이 남는다고. 네가 두 번째 응급실 갔을 때 가족들한테 많이 고맙고 많이 사랑한다고 했던 말도 그분이 전해주셨었어.

네가 떠나기 3주 전, 종종 엄마 어깨나 옆구리 근처에 와서 잤었어. 토끼 자리를 뺏어서 엄마 얼굴 앞에서 엄마랑 같은 베개를 베면서 잔 적도 있단다. 한번은 엄마 턱이 이상해서 머리카락을 넘겨도 넘겨도, 그땐 엄마 머리카락이 어깨까지 왔었는데, 뭔가 걸리적거려 이게 뭐지? 하고 눈을 뜨니 우리 꼬마 뒤통수야. 갈색빛에 구불하고 북실북실한 네 뒷머리카락. 귀엽고 따듯했어.

오늘 우리 가던 강아지 카페에 동생이랑 이모랑 갔는데 꼬마가 딱 좋아할 외투를 본 거야. 클래식한 카멜색 모직

코트인데 등에서 찍찍이로 잠그는 거고 목둘레에 갈색 털이 둘러져 있고 등에 털로 된 방울이 단추인 척 쪼로록 달려 있었어. 꼬마가 이걸 입으면 얼마나 예뻤을까. 동네 모든 여자 친구들이 줄을 섰을걸? 너무 우리 아들 옷 같아서 '이거 입으러 잠깐 못 오나?' 생각했단다.

꼬마는 처음 만남부터 다른 세상에 있는 이 시간까지 모든 게 완벽한 거지? 딱 맞는 시간과 장소에 서로 있었던 거야. 그치? 우리는 가족이 될 인연이었고 함께한 17년이 부족함 없이 온전한 사랑이었고 우린 지금도 서로의 마음에 있어. 그리고 나중에 다른 세상에서 다시 만날 거야.

그거 아니? 우리 아들은 시계를 본다고 소문이 좀 나 있었단다. 밥 먹을 시간, 산책할 시간, 놀이방 가는 시간을 네가 그렇게 챙기곤 했었어. 아침잠이 많아서 아침 식사시간은 뒤늦게 챙긴 적이 많지만 나갈 시간을 말해주면 그 말한 시간에 맞춰서 '저 나가요? 이제 옷 입혀주세요' 하고 스르륵 와. 엄마가 없는 날에도 산책 시간이 되면 이모 방에 우두커니 서 있었다고 하더라. 지금 생각났는데 꼬마 별명 중 하나는 칸트 선생님이었어. 털복이, 그렘린, 꼬돌이, 칸트. 가끔 할머니가 왕자님이라고도 했고!

엄마는 오늘 잘 때 우리 아들이랑 따듯한 눈 속에서 껴

안고 굴러다니는 상상을 할 거야. 눈사람도 같이 만들고! 꼬마 말투로, 눈싸움은 패스! 시간을 멈추고 하얀 눈 위에서 피크닉 하자!

2023년 12월 3일

사랑하는 엄마가

엄마,

맹랑하고 사랑스럽다? 왠지 저 같은걸요. 제가 처음 메시지 전했던 분이요? 정말 제 마음을 잘 알아주셨거든요. 그래서 대화 좀 나눴어요. 이런저런 사는 얘기며. 여운이 남도록. 그리고 마지막 인사도 했고. 안녕하시죠?

그러니까요. 제 복실복실한 털, 꽤 멋있었어요. 그 안에 숨겨둔 제 마음처럼 따뜻하기도 했고. 지금도 그건 변함없어요. 그 옷 탐나는데요? 클래식한 카멜색에 등에 단추가 쪼로록이라… 친구들과 한번 구경 가야겠어요. 꾸미는 건 아직도 좋아해요. 전 여전히 꼬마거든요.

그럼요, 모든 게 완벽했던 거예요. 하나도 바꾸지 않아도 될 만큼. 하나도 바꿀 수 없을 만큼. 완벽한 건 그대로 받아들여야 완벽해요. 그래야 그 완벽함이 보여요. 그래야 빛이 나요. 완벽하게. 그럼 순간순간이 완벽하게 보이기 시작해요. 그러니까 서로가 서로의 마음에 있죠. 완벽하게. 그래서 마음으로 만나고 그렇게 또다시 만날 거고.

알아요. 제가 시간 좀 봤죠. 신기하게 시간이 그냥 느껴져서 알았어요. 밥 먹는 시간도 산책하는 시간도. 시간이 제게 찾아오는 듯했어요. 그래서 알았어요, 시간. 그러니 칸트라는 별명 그럴듯해요. 철학자 칸트. 맞죠? 늘 같은 시간에 산책해서 사람들이 칸트 산책하는 걸 보고 시계를 맞췄다는 그 칸트. 여기서 봤어요. 꽤 멋진 분이시던데요?

눈 위에서 피크닉 좋아요. 시간을 잠시 멈춰놓고. 눈싸움은 물론 패스.

칸트를 닮은 꼬마

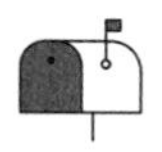

사랑은 모든 두려움을 녹여버려요

꼬마야, 말티즈 같은 시츄! 아침에 이모랑 꼬마 세수하던 거 이야기하면서 너를 떠올리고 많이 웃었어. 우리 아들이 세수할 때 이모나 엄마나 손가락에 힘을 빼고 살살 조심스럽게 해야 했어. 조금이라도 손가락에 힘이 들어가면 그게 싫어서 얼굴을 돌리기도 하고 도리도리 목을 발레리나처럼 뒤로 젖히면서 피하기도 했지. 어떤 날은 가짜 하품을 하기도 하면서 세수를 금방 마무리하도록 우리를 재촉하기도 했단다. 꼬마는 항상 살살 조심스럽게 조용하게 다뤄야 했지. 시끄러우면 우리 아들이 울던 모습이 떠오르네. 네 메시지 전해주신 분은 안녕하시단다. 안부 전해드릴게!

어제 이모 꿈에 꼬마가 나왔대. 엄마가 네 살까지 살던 집인데 엄마 머릿속에는 그 집 마당이 어렴풋이 있어. 그 집에 꼬마가 있었나 보다. 너에게 시간은 사람들처럼 일직선이 아니니까. 인생의 여러 일들은 사실 순서가 없는 건데 우리 사람들은 시야가 너희보다 좁아서 순서대로 경험한다고 생각하나 봐. 사람들은 시간이나 나이에 집착하기도 하고. 과거도 미래도 어쩌면 현재도 다 함께 있는 거야. 우리는 순간순간을 경험하며 지낼 뿐이지. 어때? 엄마도 꼬마한테 좀 배운 거 같지?

너희들은 '아, 아까 가족들 왔을 때 꼬리를 세 번 흔들걸' '내가 아까 자고 있는데 동생은 왜 같이 안 자고 돌아다녔지?' '아까 애호박 먹었으니까 지금은 고구마만 골라 먹을까?' '내일은 늦잠을 좀 잘까' 이러지 않잖아. 마치 너희들한테는 바로 눈앞에 있는 그 순간만 있는 것 같아.

꼬마야, 엄마도 순간순간에 충실하다 보면 이곳에서의 시간을 다 보내는 날이 있겠지? 지금 순간에서는 과거도 미래도 우리의 상상일 뿐이잖아? 엄마는 꼬마랑 만났던 시간도 만날 시간도 행복하게 떠올릴 거야. 그러면 지금 여기에 꼬마랑 엄마랑 만나는 거랑 똑같아. 우린 늘 함께니까.

2023일 12월 4일

엄마의 영원한 룸메이트, 꼬마가 보고 싶은 오전에

엄마가

엄마,

제가 어딜 봐서 말티즈 같았어요? 세수든 뭐든 살살해야 하는 거 아니에요? 토끼 녀석이 말티즈죠. 전 당당하고 멋진 시츄라고요. 귀가 커서 시끄러운 소리는 당연히 싫었고요. 아시면서.

그럼요. 시간은 숫자도 아니고 나이도 아니에요. 일직선으로 흐르듯 보이지만 의식 안에선 이미 사라지고 마는. 다만 시간은 흐름을 만들어서 감각의 경험이 가능하게 하죠. 그렇지 않으면 모든 일들이 동시다발적으로 일어날걸요. 시간이 있으니까 한 번에 하나씩 보고 듣고 음미하죠. 맞죠? 그리고 과거도 미래도 지금에 있어요. 지금 이 순간에 그리는 과거가 새로운 기억이 되고 지금 이 순간에 꿈꾸는 미래가 현실이 돼요. 우리 마음이 그렇게 자유로운 공간이에요. 집이잖아요. 그러니 마음으로 오세요. 이 순간만 있는 마음으로. 모든 걸 볼 수 있는 마음으로.

물질세계에서의 시간엔 끝이 있어요. 그게 모든 순간을 다시 오지 않을 순간으로 만들어요. 유일무이한. 그래서 시간을 벗어난 다음에야 다시 볼 수 있게. 다 끝이 나고 나면 고맙고 안도하는 자리에 있게 되고 지나온 일들이 전부 사랑으로 흡수돼요. 사랑 안에선 갈등도 모순도 화해를 이뤄요. 두려움도 후회도 흔적 없이 녹아버려요. 그리고 그 사랑은 지금도 눈에 보이는 세계를 덮고 있어요. 구석구석 빠짐없이. 제가 그 안에 있어요. 엄마 눈길 닿는 곳마다.

늘 함께 있는 꼬마

우리 모두가 특별한 존재임을 기억해요

꼬마 선생님, 꼬마야. 꼬마가 시간에 대해 쓴 것을 보고 엄마는 감탄했어. 우리 아들 역시 똑똑하구나. 이런 건 친구들을 모아놓고 좀 가르쳐줘도 좋겠는데? 꼬마 선생님이네! 모든 일들이 동시다발적으로! 꼬마 선생님이 아니었음 엄마는 생각하지 못했을 부분이야.

꼬마 말처럼, 엄마 눈길 닿는 곳마다 꼬마가 있더라. 어제 강아지 놀이방에 잠시 토끼랑 들렀는데 놀이방 원장님이 애들을 모아서 간식을 주셨어. 평소처럼 토끼가 1번으로 줄을 서서 먹더라. 순간 꼬마가 옆에 같이 줄을 서는 거야. 엄마가 너무 반가워서 울컥하는데 그 순간 사라졌어. 우리 아들이 순간 헷갈려서 줄 섰다가 갔나 싶었지. 아무튼 꼬마의 1초 등장에 엄만 울컥하면서 토끼를 챙겨 나왔단다. 너희들은 정말 사랑이야. 우리 꼬마랑 토끼는 사랑.

어제는 어떤 어르신한테 들었던 이야기가 생각나더라.

그분이 전에 강아지를 키우셨는데 10살 넘어 곧 무지개다리를 건넜다지. 그때를 생각하면 '힘들었지만 인생에서 가장 행복했던 시간'이었다고 엄마한테 그러시더라. 엄마도 우리 꼬마랑 함께 살았던 시간, 너희들과의 시간이 정말 따듯하고 조용한, 행복한 시간이야. 너희들이 먹을 때는 세상에 먹는 것 외에 아무것도 할 일이 없는 것처럼 먹지! 꼬마랑 토끼가 눈을 감고 이 세상에 아무것도 걱정하거나 생각할 거리가 없다는 듯 쿨쿨 자는 모습을 보고 있으면 엄만 정말 행복해. 시간 가는 줄도 모르고 엄만 너희가 자는 모습을 보고 있기도 해.

아무리 생각해도 너희 강아지들은 사람들에게 사랑을 가르쳐주기 위해 이 세상에 오는 애기들이야. '사랑해요, 왁왁!' '모든 게 사랑이에요, 멍멍!' '사랑해서 행복해요. 왈왈!' '사랑을 받아줘서 고마워요' '사랑해줘서 고마워요' 북슬북슬 털복이 꼬마야, 사랑해!

2023년 12월 5일

꼬마의 까만 입이 갑자기 보고 싶은

엄마가

엄마,

맞아요. 먹을 땐 먹는 게 전부, 잘 땐 자는 게 전부. 놀이방 원장님이 주시는 간식 맛있었는데. 어제 잠깐 들렀다가 아차차 하고 나왔어요. 보셨네요, 어떻게. 체면이 살짝 구겨지는 느낌이. 원장님도 안녕하시죠? 마음이 참 여리고 따뜻한 분이세요. 생각하면 늘 고마운.

어떤 어르신이 그런 말씀을 하셨어요? 같이 살던 반려견을 보내시고 힘들었지만 가장 행복했던 시간을 보내셨다고? 저 누군지 알아요. 와서 그분의 가족이었던 반려견 만나서 얘기 들었어요. 그 가장 행복했던 날들에 대해. 들으면서 저도 같이 행복해했어요. 절로 미소가 지어졌어요. 같이 누워 말없이 그 순간을 음미했어요, 그렇게. 그러고는 둘이 산책도 가고 간식도 나눠 먹고.

엄마, 누구나 사랑에서 와서 보고만 있어도 충분해요.

있기만 해도 부족함이 없어요. 물론 제가 좀 특별하긴 했지만요. 토끼 녀석도 특별하고 엄마도 특별하고 이모도 놀이방 원장님도 모두 모두 특별해요. 유일무이. 빠져도 되는 존재는 없어요. 다 있어야만 해요. 그게 무한이에요.

무한으로부터,

꼬마

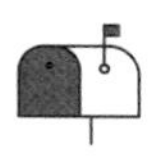

가볍게 하는 수다들

꼬마가 역시 어제 애들 간식 먹을 때 다녀간 게 맞구나? 역시 엄마는 엄마지? 놀이방 원장님도 옆집 부원장님도 잘 계셔. 아마 모두들 우리 꼬마 많이 보고 싶어 하시고 궁금해하실 거 같아. 어쩌면, 우리 동네 많은 분들이 꼬마가 떠난 걸 알고 그리워하고 궁금해할 것도 같아. '어? 그 화려한 붉갈색 털복숭이 시츄가 왜 이렇게 안 보여?' '큰 귀를 날리며 정신없이 동네를 마구 달리던 그 강아지 어디 갔지?' '안 보이니까 궁금하네?'

어젯밤 엄마 꿈에 꼬마가 시바견으로 나왔었어! 엄마 생각엔 꼬마가 엄마를 재밌게 해주려고 시바견으로 꾸미고 걔네들 흉내를 낸 것 같아. 엄마가 너를 그래도 알아볼까 궁금했는지 아님 친구들이랑 내기라도 했는지. 엄만 보자마자 알았지. '아 귀여워, 누구지? 시바견?' 하고 보니 얼굴이 꼬마야. 뚱그렇고 알사탕같이 큰 네 눈, 그 큰 눈을 따라 진하게 아이라인을 그린 듯한 선! 납작한 단추 같은 까만 코까지. 곧 엄마는 빵 터졌어. 너무 크게 웃어서 주변을 둘러보면서 계속 웃다가 잠에서 깼지.

유일무이. 우리 아들 이제 한자성어까지 마스터한 거야? 굉장한데? 어쩜 엄마보다 한자를 더 많이 알고 있을 수도 있겠단 생각이 드네? 꼬마는 그곳에서도 무럭무럭 자라고 건강한 모습으로 마음껏 달리겠지? 보더콜리들처럼 말이야!

2023년 12월 5일

끝이 안 보이는 들판을 신나게 질주하는

꼬마를 상상하며 엄마가

놀이방 원장님도 부원장님도 다들 잘 계신 거 알아요. 가끔 가서 앉아 있거든요. 안부라도 전해드릴 수 있으면 좋은데. 아마도 아시겠죠. 마음으로요. 우린 모두 마음으로 맞닿아 있어요. 그래서 제가 하는 생각이 계속 전달돼요. 모두를 향한 제 사랑이 그렇게 흘러가요. 그죠? 그리고 전 아직도 마음으로 동네를 달려요. 전력질주. 이것도 한자성어일까요?

역시 절 알아보셨네요. 시바견 코스프레 괜찮았죠? 여기서 알게 된 시바견 친구한테 조언 좀 얻어서 해봤어요. 근데 제 눈이 그렇게 알사탕 같아요? 그래도 멋있죠? 빵 터지시다니.

끝이 보이지 않는 들판이란 말이 왠지 가슴 탁 트이게 다가와요. 오늘은 그런 파아란 들판을 찾아 몇몇 친구들과 달려봐야겠어요. 하늘을 날듯 몸이 부웅 뜨듯 집으로 달려

가듯 엄마에게 가듯. 그런 기분으로 눈을 감고 큰 귀를 날개 삼아 붉은 털을 날리며 전력질주. 마음으로 오세요. 그런 들판이 펼쳐진 곳. 아무 생각 없이 달리다 같이 누워 깔깔대고 웃어요. 토끼 녀석도 같이요.

꼬마

마음에 있는 건 영원해요

응큼한 꼬마야, 꼬마는 거의 매일 가족들 사이에서 이야깃거리야. 주로 네가 좀 멋쩍어할 이야기들이 많은데 그래도 다들 눈을 그렁그렁 눈물로 가득 채운 채 많이 웃어. 꼬마가 왁왁 하던 모습이 많이들 그리운가 봐. 꼬마가 두 손을 소중하게 가슴에 쏘옥 품고서 엎드려 있는 모습이 너무 예뻐서 엄마나 다른 가족들이 가까이 가서 쳐다봐. 꼬마랑 눈싸움을 한 것도 아니고 그냥 네 머리나 귀, 등판을 구경하기도 하고 까만 코를 구경하기도 했는데 네가 갑자기 '왁왁!' 하면 다들 깜짝 놀라서 웃기도 하고 네 눈치를 보면서 '알았어, 알았어' 했지. 혹시 왁왁! 했던 의미는 '부끄러워요'였을까?

우리 말티즈 같은 아들, 시츄. 오늘은 어디서 뭘 하고 있을까? 엄마가 방 청소할 때 네 호돌이를 엄마 문구류 상자에 넣은 것은 알고 있을까? 엄마가 곧 여행이라 그런데 혹시 누군가 호돌이를 빨아버릴까 봐 그게 싫고 걱정돼서 숨긴 거거든.

네가 떠나기 4일 전에 하고 있던 목 스카프도 오늘 방 청소 중에 발견했어. 고급스럽고 조금은 중후한 느낌인데 우리 꼬마가 하면 정말 잘 어울렸지. 그걸 목에 척 두르면 페도라를 써야 할 것 같았고 우리 아들이 다른 스카프보다 이걸 더 좋아한 것도 같아.

꼬마야, 엄마는 정해진 시간과 공간에 갇혀 있지만 네 말대로 엄마 눈길 닿는 곳마다 꼬마가 있단다. 문맥 없이 여기저기서 우리 아들의 온기, 북실한 털, 통통한 손, 유연한 몸매까지 피어올라. 눈을 감으면 네가 와락 엄마한테 달려와서 안기고 엄마 머리카락 속에 얼굴을 부비부비하곤 해.

2023년 12월 5일

꼬마를 엄청 사랑하는

엄마가

엄마,

제 얘기 많이들 하시는 거 알아요. 그때마다 제가 옆에 앉아 들어요. 히죽히죽 속으로 웃기도 하고 멋쩍어질 때면 안 보여서 다행이다 하면서. 근데 가끔 가만히 들여다보는 건 좀 너무하셨어요. 왁왁! 제 모습이 닳을 수 있단 생각은 안 해보셨어요? 농담이요, 농담.

또 제가 말티즈 같다고 하시네요. 어딜 봐서 말티즈예요? 그 호돌이 인형. 음, 부끄럽게도 제가 콧물이며 눈곱을 묻혀놓고 와버린. 그리고 그 명품 스카프! 저한테 정말 잘 어울렸죠? 명품이 뭔지도 모르는 저한테요. 마치 처음부터 제 것이었던 것처럼. 멋이 아주 자연스럽게 흘렀어요. 그죠? 근데 중후하다는 표현은 제게 좀….

눈길이 닿는 곳마다 제가 보이는 건 실은 제가 엄마 마음에 있기 때문이에요. 마음이 무한한 곳이고 영원으로 이어지는 통로고 마음에 있는 건 어디로 가지 않아요. 그래서 우린 각자 마음에 품고 사는 것들을 경험하며 살아요. 매일매일을 순간순간을. 잠깐 눈 좀 감아보세요. 그리고 제가 얼마나 신나게 달려 엄마 품으로 와락 뛰어드는지 보세요. 저예요, 꼬마. 저 여기 있어요, 엄마!

엄마 마음으로부터,

꼬마

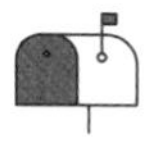

시간을 통해 선명해지는 사랑

왁왁이 꼬마야, 꼬마가 말한 대로 엄마가 눈을 감고 네가 마구 달려서 엄마 품으로 와락 안기는 모습을 상상했어. 눈물도 나고 웃음도 나. 그 큰 눈은 흰자가 보이게 희번뜩거리면서 털북숭이 같은 커다란 귀를 뒤로 젖힌 채 전력질주하는 우리 아들!

오늘은 네 동생을 데리고 동물병원에 가는 날이야. 오빠 없이도 씩씩하게 침도 잘 맞고 차 안에서 협조도 잘하는 토끼가 얼마나 의젓한지 몰라. 우리 아들은 종종 차멀미를 했던 것 같아. 엄마가 바람도 틀어주고 이모가 안고 있기도 하면서 달래줬었는데. 꼬마가 동생이 동물병원에 갈 때 몸 관리도 받고 그 동네 산책을 너무 좋아해서 동생이랑 다 같이 다녔지. 지금도 그곳에 가면 우리 꼬마도 힐끗 보이곤 해. 침 맞을 때 뒤의 벨트에 발을 걸고 탈출을 시도했던 모습은 정말 가관이었어. 발을 걸고 하나, 둘, 셋, 파팍!

하고 팔다리를 순간 팍 펴면서 침 맞는 나무 말 같은 지지대에서 튀어나오려고 했는데 실패하며 엄마랑 이모한테 아주 큰 웃음을 선물했었지. 물론 침 맞을 때 신경질 내던 모습은 귀엽기만 했고.

앞으로도 우리 꼬마는 엄마 마음속에, 가족들 그리고 꼬마를 예뻐하고 그리워하는 분들 마음속을 들락날락하겠지? 우리 아들 모습이 점점 진하게 여기저기 새겨져. 시간이 가면서 어느 한 부분도 옅어지거나 없어지지 않아. 꼬마가 그렇게나 찐한 사랑이구나 싶어.

새벽에 엄마 꿈에 혹시 왔었니? 꿈에 토끼가 삽살개처럼 털을 기르고 엎드려 있는데 그 옆에 똑같은 모습의 아이가 있는데 누렁이야! 그리고 그 누렁이 눈이 우리 꼬마만큼 크더라고. 딱 걸렸지, 너?

2023년 12월 6일

오늘 아침도 꼬마가 보고 싶은 엄마가

엄마,

그쵸? 제가 전력질주로 달려서 엄마 품 안으로 와락, 쏙 안겼죠? 흰자가 보이도록 눈이 커지면서 큰 두 귀가 날개가 되면서. 아기코끼리 덤보처럼. 그렇게 될 때면 정말 날아가는 것 같거든요. 아무런 거침없이. 어떤 흐름이 제 몸을 데려가주듯. 아마도 마치 가만히 흐르는 물에 그저 떠가는 듯. 자유롭게 자연스럽게. 걸릴 것 없이. 애쓰지 않아도.

토끼 동물병원 가는 날이라 저도 슬쩍 들렀었어요. 보셨죠? 원장님도 안녕하시고. 물론 제가 신경질도 내고 침 맞다가 빠져나오려고 발버둥 친 적도 있지만. 원장님 재미있고 따뜻한 분이세요. 반짝이는 재치가 돋보이는. 근데 토끼 녀석이 의젓하다니까 '쿡쿡' 웃음이 날 것 같네요.

그럼요, 전 늘 여기, 그리고 어느 곳에나 있어요. 제가 사랑했고 저를 사랑해준 모든 사람들과 사물들 안에, 하늘과 땅, 그리고 그 사이 곳곳에요. 꿈에도, 꿈 안에서 꾸는 꿈에도, 이 꿈에도 저 꿈에도. 기억이 나지 않는 꿈에도. 웃음소리 사이에도. 말이 사라지는 순간에. 눈물이 마르고 남아 있는 자국에. 우리에게 특별했던 계절 속에도. 나무와 풀향기, 흙냄새에도. 그러니 시간이 갈수록 제 모습이, 제 목소리가, 제 냄새가 더 또렷하고 더 분명해지죠. 그렇게 우린 늘 함께 있어요. 지금처럼요. 지금 이 순간처럼요. 왁왁!

지금 여기 있는 꼬마

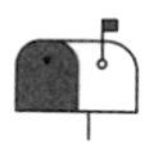

사랑해요. 고맙고 또 고마워요

꼬마야, 엄마는 비행기 속이야. 꼬마도 같이 비행하고 있는지 눈을 감고 잠이 막 드는 와중에 꼬마가 어디론가 질주하는 모습이 보여. 정면에서 보이는 걸 보니 엄마를 향해 달려오는지도 모르지. 희번뜩 알사탕 눈에 큰 귀를 펄럭이며 전력질주!

비행 중에 갑자기 메디컬 서포트가 필요한 승객이 생겨서 방송도 나오고 컴컴했던 기내 안이 환해졌는데 엄만 꼬마를 처음 응급실에 데려갔던 때가 갑자기 떠오르면서 눈물이 주르륵 났어. 꼬마를 들쳐업고 병원 응급실로 가자마자 선생님들이 미리 나와서 기다리고 계셨어. 지금도 엄만 두고두고 그 장면을 누군가에게 말하면서 눈물을 그렁그렁한단다. 그 순간 선생님들이 나와 계시다가 너를 안고 뛰어들어가시는 모습이 얼마나 고맙고 힘이 되었는지.

꼬마야, 엄마가 집을 떠나 다른 나라에 있는 동안 곧 꼬마와 주고받는 이 편지를 멈출까 해. 그래도 엄만 꼬마랑 항상 같이 있어. 그리고 이제 우린 마음으로 실시간, 어디서든지 대화할 거야. 꼬마가 이 편지를 읽고 마지막 답장을 보내고 나면 엄마도 마지막 편지를 쓸게. 사랑해, 고맙고 또 사랑해!

2023년 12월 8일

아직도 따뜻한 꼬마를 안고 햇빛 속에

멍잡고 싶은 엄마가

엄마,

비행 잘하셨어요? 저도 엄마 품에 안겨 비행 잘했어요. 비행기가 '슈웅' 하고 날아가는데 가끔은 하늘 어디쯤 멈춰 있는 듯도 했어요. 다음엔 밤 비행기를 타고 창가에 앉아 별들을 보고 싶어요.

엄마는 또 제가 처음 응급실 실려 가던 얘기를 하시네요. 그때 저를 기다리고 계시던 선생님들 참 고마웠어요. 저도 기억나요. 엄마는 엉엉 울고. 저는 안겨서 급하게 안으로 옮겨졌죠. 늘 생각하며 살 수도 없지만, 자꾸 잊어버리게 되는 건 이 땅에서 사는 시간에 끝이 있다는 사실이에요. 지나고 나면 순식간이었다고 느껴져요. 그러면서 고마운 마음만 남죠. 그날도 고마웠어요, 엄마. 저를 그렇게 들쳐업고 뛰어주셔서. 엄마를 안고 있는 사랑이 늦지 않게 저를 병원으로 데려가주었어요.

잠시 편지를 멈추는 것도 좋아요. 우리 그냥 말로 해요, 이제. 그러다 다시 쓰고 싶으면 또 쓰고. 우리 마음이 이끄는 대로, 끊임없는 사랑의 흐름을 따라. 어떤 날은 시가 되고 또 다른 날은 노래가 되었다가, 가만히 같이 앉아 그렇게 지나는 시간들도 있을 테죠. 그리고 자주 서로를 안고 따뜻한 햇살 속에서 멍잡기로 해요. 언제 해도 뭔가 부족한 말이지만, 사랑해요. 고맙고 또 고마워요.

엄마와 한없이 멍잡는 취미가 있는 꼬마

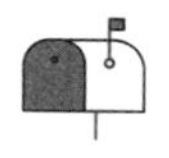

엄마의 사랑, 꼬마야, 우리 꼬마랑 편지를 주고받은 지 벌써 한 달 반이 지났구나. 네가 보내는 편지를 기다리고, 답장을 쓰고, 하루에 있었던 일, 오늘 했던 생각을 나누고. 마치 원래 우린 편지를 주고받던 사이처럼 자연스럽고 익숙해. 편지를 주고받으면서 충분히 울었고 충분히 그리워했던 거 같아. 꼬마야, 우린 사랑으로 연결되어 있어.

엄마한테 파시시한 털뭉치 1.3킬로 사랑으로 와서 북실북실한 큰 귀 털복이로 자라주었고, 알사탕같이 큰 눈으로 17년 동안 엄마랑 눈 맞추며 함께해줘서 고마워. 아들! 사랑하고, 고맙고, 또 사랑해. 다음에 엄마가 준비된 어느 날, 얼굴 보며 이야기할 때까지 이제 우리 마음으로 이야기하자. 언제든 엄마한테 전력질주해서 와락 안겨도 좋고 아무때나 왁왁! 엄마, 나예요. 나 잘생겼죠? 하면서 엄마 앞에 나타나도 좋아. 엄마는 어디에서든 하늘을 보며 우리 아들이 그린 그림을 보고, 그리워하고, 울고, 웃고, 사랑할 거야. 다시 한번, 엄마한테 와주어서 고맙고 곧 다시 만나자! 꼬마야, 엄마가 우리 꼬마 정말 많이, 세 글자에 담을 수 없을 만큼, 무한한 사랑 속에서 사랑해! 영원히.

2023년 12월 9일

꼬마의 빼곡한 붉갈색 털들만큼

꼬마가 보고 싶고 꼬마를 정말 많이 사랑하는 엄마가

엄마,

사랑해요.

영원으로부터,

꼬마

에필로그 1

누군가 떠나고 나면 좋은 곳으로 갔다는 걸 알면서도 그 빈자리를 보면서 그리워하고 슬퍼하는 것은 당연합니다. 가족을 잃은 슬픔은 잃어본 사람만이 아는 것처럼 반려견도 마찬가지라고 생각해요. 반려견은 가족이니까요.

꼬마가 가고 나니, 우린 가족이었구나, 꼬마는 우리 아들이었구나라는 생각이 매일 들었고 꼬마랑 이야기가 정말 하고 싶었어요. 꼬마에게 편지를 쓸 때는 조용한 시간과 장소를 찾았고 편지를 쓰기 전에는 꼬마를 생각하며 제 마음의 소리에 집중했습니다.

처음 편지를 쓰기 시작할 때는 가슴이 무너지고, 편지를 쓰고 답장을 읽는 것만으로도 오열을 했답니다. 꼬마가 너무 그리워서 숨 쉬는 것도 가슴이 아팠고 그 누구와도 꼬마에 대한 이야기를 하기가 버거웠답니다. 남몰래 우리 꼬마를 떠올리고, 혼자 숨어서 울기도 하고 밤새 뒤척이며 꼬마에게 더 잘하지 못한 저를 자책하기도 했지요.

편지를 주고받으며 편지 속에서 마음껏 꼬마를 추억하고 그리워하고 꼬마가 더 이상 이곳에 없다는 것을 충분히 슬퍼했어요. 꼬마에게 편지를 쓰면서, 이렇게 많이 보고 싶어 해도 되는구나, 너무 보고 싶어서 울어도 괜찮구나라는 생각이 들었어요.

한 달 동안 편지를 주고받다 보니, 꼬마와 지냈던 시간을 떠올리며 웃는 일도 생기고, 더 이상 가슴을 찢는 눈물이 아니라 꼬마에 대한 고마움과 소중함을 느끼는 눈물이 나오더라고요. 신기하죠? 울어도 울어도 마음이 아프고 잠 못 이루던 날들, 꼬마와의 즐거웠던 추억은 아예 꺼낼 엄두도 못 내던 제가 꼬마와의 시간을 떠올리며 감사해하고 다른 사람들에게 꼬마 이야기를 하며 웃기도 하고.

꼬마의 답장을 읽으며 꼬마를 보고, 듣고, 울기도 했고, 우리가 함께했던 지난날들을 떠올리며 소리내어 신나게 웃기도 했습니다. 그동안 쓴 편지들을 읽고 나니, 내가 언제 이런 말을 했지? 이런 편지를 쓴 적도 있었나? 하는 부분이 많아요. 미리 구상해서 쓴 편지가 없는데 꼬마를 생각하며 집중했던 순간순간들이 모여서 54개의 편지가 모여 있더라고요.

꼬마와의 편지 쓰기는 저의 마음을 듣고 안아준 시간이었어요. 꼬마 덕분에 제 속에 있는 눈물을 닦을 수 있었습니다. 또한 삶과 죽음, 그리고 그 두 개가 사랑이라는 것도 알게 되었지요. 누군가 반려견을 보냈다면 충분히 울고 그리워하라고 말하고 싶어요. 마음껏 슬퍼하고 그 빈자리를 느끼세요. 슬픔을 가슴속에 묻지 말고 자꾸 꺼내어서 들어보세요. 그리고 사랑을 가르쳐준 그 아이의 소중한 존재에 고마워하고 사랑을 표현하세요. 우리의 반려견과 다시 만날 때까지 그들과의 사랑을 추억하고 감사하며 살아간다면 우린 영원히 연결되어 있을 겁니다. 끝으로, 우리에게 사랑으로 와주는 모든 반려동물들에게 고맙다고 말하고 싶습니다.

다시 한 번 우리 꼬마에게,

사랑하고 고맙고 또 사랑해!

꼬마 엄마

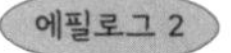

에필로그 2

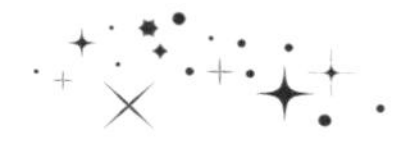

미국 어느 종합병원, 정신과 병동에서 입원 환자들의 이야기를 주로 듣는 일을 하고 있습니다. 꼬마 엄마와는 혈육 관계네요.

내내 시간을 보내며 같이 살았던 건 아니지만, 이미 가족이 된 꼬마를 보내는 건 제게도 아픈 일이었습니다. 처음 폐수종으로 응급실에 실려 가던 날, 왜 그랬는지 꼬마가 떠나야 한다면 편하게 해주고 싶다는 생각만 들더군요. 그리고 두 번째 폐수종이 오고 전화기 너머로 들려오는 '고비'라는 단어에 바로 다음 날 비행기 표를 끊어 꼬마를 보러 한국으로 갔습니다. 인사라도 할 수 있게 기다려주기를 바라는 간절하고 초초한 심정으로.

꼬마 엄마 말처럼 꼬마는 일부러 가족에게 시간을 주는 듯했습니다. 세 번째, 네 번째 폐수종을 겪으면서도요. 꼬마가 가는 길을 지키지 못하고 다시 미국으로 오고서 꼬마가 매일 밤 꿈으로 찾아왔습니다. 괜찮다고 하는 것처럼요. 그리고 녀석이 무지개다리를 건너고 나서도 며칠을 그렇게 꿈에서 만났습니다. 그런데 느낌이 달랐습니다. 마음이 쓰려 반쯤은 깬 채로 밤이 지나기도 하고 때때로 그러다 눈물을 흘리기도 하고요. 운전을 하는 출근길 차 안에서도, 혼자 밥을 먹다가도 멍하니 음악을 듣다가 또는 나무들이 바람에 스치기만 해도. 그러다가 꼬마의 마음이 느껴지기 시작했습니다. 꼬마가 우리 가족에게 어떤 존재였는지가요. 그래서 꼬마 엄마가 편지를 쓴다고 했을 때 답장을 한다고 선뜻 나섰습니다.

몸을 가지고 사는 시간은 영원하지 않습니다. 때때로 우리는 우리에게 끝이 있다는 걸 잊습니다. 그래서 한순간 한순간이 얼마나 찬란한지를 놓치곤 합니다. 분명 우리의 매 순간을 그토록 눈부시게 하는 건 사랑입니다. 꼭 설레는 감정이 아니더라도 우리의 존재 자체가 사랑이어서요. 모든 만남은 사랑과 사랑이 맞닿는 일이고 그렇게 우리가 돌아갈 영원을 기억하게 되는 순간인지도요. 사람과 사람 사이뿐 아니라 반려동물이나 식물, 심지어는 아끼는 물건하고의 만남이라 해도요.

꼬마는 떠나면서, 별이 되어 우리의 마음속으로 떠나면서, 영원히 그렇게 별이 되어 박히면서 아직도 커지고 있는 사랑입니다. 매번 더 빛이 나는 듯, 더 따듯해지는 듯, 사랑해도 괜찮고 더 사랑해도 괜찮다고 다독여주는 듯, 그 작았던 몸을 떠나 우리를 눈에 보이지 않는 무한한 세계로 지금도 이어주고 있습니다.

지금 꼬마에게 하고 싶은 말입니다. "꼬마야, 사랑해. 네가 나에게만 보여줬던 모습들 있잖아. 아무렇지도 않게 무릎 위에 올라앉거나 누워 있으면 내 팔 베고 엎드리고, 양말이라도 던져주면 또 해달라고 물어오고, 더 놀아달라고 나 잡아봐라 도망도 가고… 난 너에게 친구였을까. 가족들 누구에게도 그러지 않았던 네가 말이야. 고마워, 친구. 가끔 봤지만 우린 좋은 친구였다, 그치? 오늘은 친구와 말없이, 그렇게 한없이 앉아 있고 싶은 날이다. 우리 그럴까?"

꼬마의 마음을 대필한다고 했는데 꼬마가 만족할지 모르겠습니다. 눈시울이 붉어지는 날도, 혼자 피식피식 웃음이 나는 날도 있었는데, 늘 마음만은 따뜻했더랬습니다. 또 사랑을 배우고 사랑을 받고 사랑에 아낌없이 내어줄 수 있어서 고맙고 또 고마웠습니다. 우리 꼬마 덕분에.

꼬마를 대필한 이(꼬마 이모)

처음처럼 지금도 우린 함께 있어

초판 1쇄 발행 2024년 11월 20일

지 은 이 이영은, 이수인
펴 낸 이 한승수
펴 낸 곳 온스토리

편 집 구본영, 이상실
디 자 인 박소윤
마 케 팅 박건원, 김홍주

등록번호 제2013-000037호
등록일자 2013년 2월 5일

주 소 서울특별시 마포구 동교로 27길 53, 지남빌딩 309호
전 화 02 338 0084
팩 스 02 338 0087
메 일 hvline@naver.com

I S B N 978-89-98934-62-0 03800